白秋の惑乱

続『この世 異なもの 味なもの』

IWAMOTO Kohei
岩本 浩平

文芸社

目次

プロローグ

沙羅双樹

朝咲いて、夕に散るという沙羅双樹の花、無常の中にも、ひとつの花には一つの生きざまがあり、精いっぱい咲いて短い生を終わっている。

そろそろ

令和元年一〇月、七十七・七歳で老人ホームに入って、世間から、娑婆から引っ込むことを決めた。

翌年一月、初めての本『噂の豪華客船 そこには何があったのか』を出版した。続いて令和三年一月に二冊目、『この世異なもの味なもの』を出した。それからまた一年経った。

老人ホームも二冊の本も、活火山じゃなかった〝活人生〟へのお別れ、心の片隅には「店じまい」の気分がありありとあったものである。

ずいぶんジグザグと、あっちへ行ったりこっちに来たり、自分のアイデンティティさえ変化変態脱皮を繰り返してきたように思う人生。

今終わっても、いつ終わってもいいか……と、思うこのごろ。

折からコロナ禍、世間は未知の見えないミクロの世界との戦いの中、ワクチンを二回打って何とか難を逃れたかと見えた途端、アルファー・ベーター・ガンマ・デルタときてこれで終わりと思いきや、オミクロンなる株が出現してきた。

この項を書き始めた令和四年一月末、三回目のワクチンをホーム内で打っていただいた。六月には、四回目の案内も来た。ありがたいことだ。

温暖化だからかどうか自然災害がやたら増えてきた。禍々しい事件事故も頻繁に起きる。世の中わざわいが引きも切らず、有為転変といい禍福は糾《あざな》える縄の如しともいうが、好転も悪転も順繰りが段々早く短くなってきたように思う。自分にそのサイクルがどれだけ残っているだろう。

そんなこんなで、もうそろそろ「パッと逝ってしまう」のもありか⁉　とは言え痛い目に遭うのはイヤだし、病気で苦しむのもイヤだしと贅沢に思い、どうせ死ぬなら健康の裡にスウッと逝けないものか。

まあ世の中「そんなうまいこと、いくもんやありまへん」と言い聞かせている。「さすれば、どうすりゃいいのさ⁉」「知らんけど」。

♫もやもやを　心の隅に吹き寄せて　ともあれ八十路　送り送られ♫

これからの方が長いのかも知れない

もし、ある程度の寿命が与えられているとすると、ひょっとしたら、これからの月日が結構長いのかも知れない。枯れたまんま、仙人のように生きていけるだろうか、いささか疑問に思うことではある。

　まだまだ血の気が多いような気もするし、断捨離にもほど遠い。引っ越しのときに捨てたモノと気を「惜しいことしたなあ」なぁんて、今時分思うことがある。世俗の欲、よくいえば意欲は、残滓ではなく本体が頭をもたげる。異性への憧憬もなかなか萎《しぼ》まない。

　そんなこんなで、仙人の暮らしにはとても遠い己《おのれ》を発見して戸惑っている。困ったものだ。

「暑いですねえ」「お元気ですねえ」「気持ちいい日ですねえ」……そんな日常に物足りなさを感じ、時にするシリアスな話題や若いスタッフとの〝いまどき〟の会話に刺激を受け、気分が高揚することもままある。

とは言え、そこでまた考える。やっぱり仙人でいこう。「もうええ」「穏やかに」「成り行きや」。投げやりでは決してない、自分にもう「目標を持たせなくていい」ではないか。

予めやることを決めない、いい加減本当に「晴耕雨読」を楽しんでは如何⁉

「ええんちゃう⁉」という声が聞こえる。

そんな揺れ動く気分の中で気ままにつれづれを書いてみようか、という気になった。兼好さんを持ち出すのもおこがましいが、爪の垢でも煎じて飲むように、この世を少し喜んで少し拗《す》ねて。

第一章　白秋つれづれ

一、カリウムの制限

クリニックから急の呼び出し

令和三年に入って二月も末、梅の蕾が膨らみ始めた……寒の戻りか、ちょっと寒いなあというある日の朝、今日は孫の誕生日祝いの書留を出しに郵便局へ行って、その足で御影クラッセで〝宛名をきれいに書ける封筒〟なるものと、ついでに〝ビールのお供〟なんぞも買うのだ、なぁんて思いながら気も軽く支度しているとき、突然部屋の内線電話がけたたましく鳴った。

一年四ヵ月前に入居した老人ホーム《トラストグレイス御影》の一室、そろそろ仮住まいから本住まいに頭が切り替わるかという、そんな時期である。

呼び出し音は〈ギャーガー〉ともつかず〈ジャージュー〉ともつかない、なんとも後頭部に響く音である。緊急事態にも耳の遠い人にも分かるように、科学的に工夫してそんな音にしているのだろう。

それはフロントからで「かすがのクリニックから携帯に電話が行きますので出てあげてください」。携帯の着信音が聞こえにくい私には、このように事前に連絡が入ることがある。

館内にある診療所である。一週間前に採血して結果を待っているタイミングだったので、「アッ、何かあったのかな!!」。

すぐにかかってきた。「大したことではないし特に急ぎでもないのですが、今日いまから来られますか」「これから出かけますので午後からなら」「ドクターM（かかりつけの医師）は午前中で終わりますので」（やっぱり急ぐではないか）「では早めに片づけて、一一時半に行きます」「一一時半にお待ちしています」と念を押された。

診断

手早く用事を済ませて、ちょっと心配しながらクリニックへ行くと看護師さんから、まあどちらかと言えば有無を言わさぬ感じで「今から心電図を撮ります」。

終わったらM先生がいつもの通りゆったりした笑顔で迎えてくれた。「血液検査で全体的に特に悪い兆候はなかったのですが、《カリウム》の数値が制限より高く、前回前々回から上昇の傾向にあります」「いま撮った心電図からは特段の異常はありませんでしたが」。ここは入居者の年齢層もあって、特段の配慮をしてくれているのだろう。

それから特に食べ物飲み物の注意を詳しく聞かされた。「乳製品と黒ビールはしばらくやめてください」「どきっ!!」（昼ジャンボチョコアイス、風呂上がりのビールは黒、これは毎日。たまにはお餅にバターをつけて食べることもあるしなあ）、内心抵抗していたが神妙に頷いていた。

ところで先生、「カリウムの数値が高いとどんな症状が出るのですか?」「心臓発作です。肝臓や胃のように普段の生活で支障は出てきませんが」。チョットびっくりしながら帰った。

健康は人生の目的ではないけれど

帰りながら考えた。帰ってからも考えた。

普段ピンピンコロリを願っている自分を見出して、今ここで、或いは明日にでも心臓発作が出てコロリと逝ってしまったら……ウーンそれもありか⁉

別段早く死ぬことを願っているわけではなく、厭世観に囚われているわけでもないが、「どうせ死ぬなら健康の間に」とは常々思っていることではある。

この前も姉（去年の七月にここの南棟に入ってきた。私は北棟で住まいは離れているが、だいたいのところレストランで顔を合わせる）と、「ここには介護棟があっていつでも入れるけど、どうせ死ぬなら入る前がええなあ」「そうやなあ」。

終活

終活その一《死後の始末》は、子供たちへの負担をできるだけ少なくするように、老人ホームに入ったことと去年夏の遺言書で略々《ほぼほぼ》終わっている気分。

終活その二《終の生活の活性化》は、そろそろ散ってもいいか⁉
自慢ながらオトコの働きは人さまに引けを取らないだけやってきた。オトナの遊びは人さまには及ばずながらも、まあやってきた。船遊びは存分にしたし、若いときからの夢であった本を二冊ものにした。これは世の中に売れることを今は願っているところである。

あっちこっち飛び跳ね寄り道し、随分曲がりくねって回り道してきた人生も相俟って、ま、こんなところでいいか⁉
まだ、川柳や俳句の道、茶道の侘寂《わびさび》、三冊目の本、気ままな放浪の旅（ここ一年、コロナで閉塞している）などなど、したいことはいっぱいあるが、こんなのを望んでいるとキリがない。もう、いつ逝ってもいいか。

とつおいつ、そんなたわいのないことを考えていると、今日の風呂上がりのビールは、いつもの《黒ビール》にしてしまった。イヤ‼　これはいかん、M先生には内緒。明日から「言いつけ」を守ろう。

二、老人ホームに暮らす

傘寿でも　若い衆のまま　ホームでは

ここで「七十……」と言いかけると、待っていたように「若いなあ」と言われる。実際入居者の平均は八十二歳余、仲良くしていただいている方々は九十前後の方が多く、九十四歳の方もいらっしゃる。

わたくし今は「堂々たる七十代」と言っている。そして小さい声で「あと三ヵ月で八十歳」と呟く。

ここでは八十になって初めて一人前なのかも知れない。

令和四年二月二三日、梅の花が咲き初める浅い春、晴れて八十歳になった。が、誰も大人にしてくれなかった。「八十になりました」と言っても、相変わらず「若いなあ」。

そうかあ!!　この方たちも同じだけ歳をとっている……歳の差はいつまでたっても追いつかないのだ、と、気がついた。

徒然は　連れ々々なるか　ホームでは

向こう三軒両隣というが、南・中・北、三棟の皆さんがご近所だ。

入居して二年半、ずいぶん顔見知りになった。♫トントンとんがらりと♫となりぐみ♫　のおつきあいである。「回してちょうだい回覧板」はないが、日々の伝達は郵便受けに入っているか、フロント横とかエレベーターに貼りつけてある。お歳柄だからかメールではない。

「おたがいの家に上がり込む手前までにした方がいいと思います」とは、入居するときに営業担当者に助言されたことである。ざっくばらんな気の置けないおつきあいになってきた今でも、一応守っている。

ではあるが、レストランやホールでは行き合わせた常連さんどうしで、「月が満ちた欠けた美しい」「あの夕焼け見て!!」。そして時の話題や冗談が飛び交って賑やかに。

グランドゴルフやビリヤード、歌声サークル、俳句などの仲間であちこちに会話の花が咲く。

もっとも自分は補聴器をかけていても言葉が判明できない。「遠からんものは音にも聞け」と言うが、これがからっきしダメで、そこに加われない、ひとり活字に親しんでいることが多い。それでも多くの方に声をかけていただける。そんなときは右耳に手を当て顔を近づけてお話しする。「近くば寄って目にも見よ」だ。

みなさん近ごろは、そんな現象にも慣れてきていただいているようで、中には通訳までしてくれる方がいらっしゃる。ありがたいことだ。

〝旅は道連れ世は情け〟というが、安穏に暮らす内に、ここでは、《徒然《つれづれ》》が《連《つ》れ々々《れづれ》》になるようだ。

ローソクの　数が足りない　誕生日

このごろお誕生日は「めでたさも小さくなったお歳ごろ」という気持ちが強かった。が、ようやく分かってきた。この歳まで生きてきたことがめでたいのだ、生かされてきたことに感謝しよう。

和やかに　ハピバースデー　賑やかに

お誕生日会に招いたり招かれたり。ここでは毎年、誕生日の月の前後二ヵ月の一夜、お祝いの特別膳が四人分無料で出る。これがまた結構おいしい。

コロナ前までは入居者それぞれ子や孫が来てお祝いをしていたものだが、家族といえども外来者との食事喫茶はご遠慮となって以来、入居者どうしで呼びつ呼ばれつ、プライベートダイニングでお誕生日会をするようになった。

これがまた、大声で賑やかで和やかで滅法楽しい。四人のときも五人のときもある。五人目の料金は招待者（お誕生日の人）が持つ、アルコール代金も持つ。それが伝統⁇になり、家族との食事会がセミ解禁になった今も続いている。

そしてこれは〝お月見会〟などの節気や〝忘年会〟もやろうかという勢いになってきた。

船旅に　よく似た暮らし　このホーム

ここの生活はクルーズ、船旅に似ている。人生も旅路の一つと言えばその通りであるが、実際一日の流れがよく似ている。

朝、カーテンを開けると大阪湾の大きい景色が光いっぱいに差し込んでくる。外着に着替えてレストラン、三食とも三分歩けば、栄養管理の行き届いたご馳走が待っている。別会計だがずいぶん安い。

無料のコーヒータイムもある。コンサートもある。ゲームも娯楽もあるし、身体を動かすのもフィットネス、グランドゴルフにビリヤード（この二つは船にはない）。海のある景色を眺めながら散歩する。

夕方ともなると、街を見下ろし、海と遠く山を見晴るかす大浴場に露天風呂。サウナで汗を流しながらでも見渡せるのだ!!　このサウナのロケーションは、船にも街のフィットネスクラブにもないだろう。

娑婆にいたころ、まだ陽の高いうちから風呂に入るなんて「ああ幸せ!!」と、特別な限られた日であったが、今は毎日になってしまった。

そして浴場の出入り口に見守りの人がついていて、浴室の中まで巡回してくれる。船以上に「守られている」。

風呂上がり、食事と共にいただくビールやワインは一日を締めくくる楽しみ。これも別料金だが船より安い、居酒屋より安い。

船にあってここにないのは〝部屋の毎日の清掃〟〝ベッドメイキング〟と〝エンターテイメントの毎夜のショー〟ということになるが、ホテルではなく〝自宅〟であるから当然のこと。とにかく船の生活に近い。

コロナ禍で施設の供用休止や催し物の中止も多いが、それは今は、船も同じである。

コロナ禍に　自律自立と　守られと

コロナワクチン、先の二回の接種はスタッフが奮闘、パソコンとにらめっこして入居者の予約を取ってくれた。

令和三年六月初旬の一回目は御影公会堂で、大勢の市民と一緒に受けて待ち時間が大変長くなり、注射よりも待つことにしんどい思いをしたものだ。予定では精々一時間余りのところを二時間半もかかってしまった。スタッフが車で送り迎えしてくれるのであるが、ようやく終わって電話しようとスマホを見ると、《トラストグレイス》から三本も四本も不在着信が入っていた。心配してかけてくれていたのである。すぐ電話を入れたが、「待ち切れず既に迎えに出ました」と言う。

そのとき分かった、「ああ守られているのだ」と。

目に見えぬ　影の奮闘　頼もしき

令和四年の一月末に三回目を受けた。そして八月上旬に四回目が決まった。歩いて三分、ホームの中でである。これはありがたい。

コロナ下の防疫への備え、催しや娯楽の規制、加えてスタッフの言葉や行動から、入居者の目に触れないところで自治体と連絡を取り、館内でも綿密に打ち合わせを重ねていただいている、と想像できる。またまたスタッフの奮闘があったのであろう。

そしてやむを得ず映画やカラオケの中止、サウナの閉鎖など、娯楽や快適が損なわれることがあると「ご迷惑をおかけして申し訳ございません」から説明が始まる。昔〝郵便ポストが赤いのも電信柱が高いのもみんな私が悪いのよ〟という言い回しがあったのを思い出してしまう。「いやいやあなたの責任ではありません」「よくやっていただいて感謝しているのですよ」と返したくなる。誠に行き届いたものだ。「守られている」という実感を新たにする。

一般棟は原則自立で生活できる人の住まいであるが、要介護Ⅲくらいまでの人はヘルパーさんの援助を受けて普通に暮らしている。

それ以上になったときに〝介護棟〟に入ることになるのであるが、どこにいても、ここは「安心安全」に生活できるようになっているのだ。

春が来たかよ御影の丘に　あたしぁ頭が春霞

そんなこんなで、気を張らなくても〝頭に霞がかかっていても〟生活ができてしまう……。そうだ、気合いを入れて内職に励まなければ、躰を鍛えなければ。頭に刺激を与え続けよう。

入居者と　スタッフでつくる　コミュニティー

郵便送受室の片隅に「ご意見をお聞かせください」箱がある。古い言葉で言えば〝目安箱〟である。月に一度、まとめて何通か公表される。投書者は記名でも無記名でも構わないが公表するときは記名されない。

私もコロナ禍の下、安心安全感や楽しい催しへのスタッフの心遣いに感謝するいくつかの投書をしているが、先だって、全く同感と思わず頷いたご意見があった。

「ここは施設ではなく住まいです」

入居者の多くの方も人生の幾星霜を経て、数ある選択肢から〝ここ〟を選び、終の棲家と定めて移ってきて今がある。それは私たちにとっては高齢者施設ではなく、終活の住まいである。

今まで施設と言うとき言われたとき、何となく落ち着かない気分を払拭できないでいたのであるが、これを読んで「ああ、そうだったのだ」と、ずばり一言で腑に落ちた。

と、その旨を書いて私も投書し返した。

三、真夏だ

梅雨待ち時

令和三年、今年の梅雨入りは記録的に早かった。五月の半ばにはもう長雨が降り続いて、梅雨待ち時の多彩な花を楽しむ季節《とき》が大変短かった。

そしてコロナ禍のなか節気はゆっくり進んで七月一九日、梅雨が明けたと言っていた。いつもと同じ時季に夏は来た。

一〇分間のおつきあい

三週間に一度の散髪、朝九時一〇分のバスで六甲道の床屋さんに行く。

早床で僅か一〇分の触れ合いであるが会話が弾み、通ううちにお気に入り、シュッとした理容師さんとお馴染みになった。

今日はタイミングが合わず他の理容師さんに当たってすれ違いになる。それでも、行き帰りに顔を合わせ眼を見交わしてニッコリ。

(元気にやってる⁉)(お客さまも⁉)……いっとき心を通わせて和む。

いきなり真夏

その帰りのシャトルバス、揺れる中での読書に疲れてフト窓から空を見上げると、そこに。

真っ青な、何の混じり気もない、水蒸気の白っぽさも全くない、純粋の青、濃いスカイブルーがあった。その彼方、六甲の尾根の向こうから、真っ白な大きい入道雲が三つ四つ、むくむくと立ち上がり、こちら南側にせり出している。山入端《やまのは》の濃い緑と、雲の稜線の白銀と、空の真青と、コントラストが、目がくらむほど眩しい。

ついさっきバス停まで、六甲道の大通りをビルの影を縫って歩き、電信柱の細い影に体を縮こめるように入れて、束の間の日陰を辿って歩いてきたものだ。

大阪湾にも夏が来た

出かけるときに、フロントのスタッフに「頭にご注意!!」と声掛けして、帰ってきて頭を指したら、(ほんに少ない短い髪の毛が)「綺麗に整いましたね」と言われて気をよくし、「これって半ば強制かな!?」と、頬を緩ませて部屋に入った。

ベランダから外を見ると、大阪湾の向こうに泉州河内の山々。山裾の海際は横に長くいかにもの水蒸気がたなびき、尾根筋には大積乱雲が連なっている。

いつもより「濃ゆく見える夏」が、そこにいた。

そう、今年は、実に今日、真夏が来た。

四、白秋の二十四節気

此岸から彼岸へ

幼・成・壮・老、この世に生を受けてより彼岸に旅立つまでの道を、色と季節になぞらえて『玄冬』『青春』『朱夏』『白秋』と言うらしい。

神戸、六甲山系中腹の高台に立つ民間老人ホーム《トラストグレイス御影》、ここを終の棲家と定めて白秋を送る。

望郷の　丘に佇む　終の宿

クルマで昇り降りする限度かと思うほど一八％の急坂を行き来して、JRや阪神阪急の駅を便利に結ぶシャトルバス。そのバスが発着する雨除けの大きな庇《ひさし》がついた玄関がある。風除け室もある立派なものである。

そこを入ると一〇〇畳敷もあろうかという広々としたロビーに、姿かたちの違ういくつもの豪華なソファとテーブル。奥に設えられた半円形のステージにグランドピアノがデンと座る。ここはコンサートなどのホールにもなる。

玄関の手前、南側に大きな庭園が広がっていて下界の街を望み、その向こうに大阪湾、対岸の河内和泉そして淡路島の山並みを見晴るかす。

♫山は蒼き故郷《ふるさと》♫　幼少から少年期、朝に夕に見て育った山の姿は今も脳裏にくっきりと残る。六十有余年後の今ここに、それと少しも変わらぬ山並みが眼前に一望に連なる。つけた名前は「望郷の丘」。

ゆくりゆく　花鳥風月　四季愉し

遊歩道にもなっている庭は、車椅子の人、そぞろ歩きの人、ジョギングする人。藤棚の下に憩う人。夕焼けを愛でる人、月を愛でる人。思い思いに朝昼夕を楽しんでいる。

いくつもの花壇は手入れが行き届いていて、四季折々の風情で魅せてくれる。春の七草、薔薇、牡丹、紫陽花、秋の七草。時の移ろいに添うように順繰りに咲いて、柔らかな土の上に可憐な、澄んだ青空をバックに華麗な、それぞれの装いで白秋を往く人の心を愉しませてくれる。

古木が立つ。夏、真っ白で大きな花を二つつけるタイサンボク、緑の葉に深紅の花があでやかな百日紅、晩秋に紅葉の錦を織りなすいろはもみじ。

広く青海波のように波うつ芝生の丘がある。いつの季節も若草色で眼を休ませてくれる。

返り見すれば北の方、六甲摩耶の山並みが間近に迫り、濃い緑が空をくっきり分かつ。

春、茅渟《ちぬ》の海（大阪湾）の水気をたっぷり吸い込んで、山も海も、街にも霞がたなびく。夕べに朧月。

夏、仰ぎ見れば太陽がいっぱい。海に開けた空の青に、真っ白な入道雲がムクムクとわき立つ。たそがれ時、夕日に紅く照り映える雲の峰が神々しい。その横を白い飛行機雲が一筋、細くまっすぐ走っていた。

秋、深く青い空、高く流れる巻雲、ちょっと寂し気な昼の月。夕、金色に染められた絹雲が摩耶の山入端を往き、黄昏の薄い蒼と山の濃い緑の明暗が寂寥を誘う。儚い糸のような月、そして仲秋の名月。

冬、六甲おろしに運ばれてきた風花が舞い、ときに牡丹雪が、枯れた樹に建物に白い斑点をつくる。

トラストの　水面《みなも》に浮かぶ　茅渟《ちぬ》の海

中ほどに大きな水盤が二つ……茅渟の海が浮かぶが如くの借景を見せてくれる。水面に、樹々の緑が揺れ青空に雲が流れ陽が眩しく照り、三日月も上弦の月も満月も映る。

若い燕が宙を飛びながら器用に水をついばむ。

夕暮れの低い空を蝙蝠が羽ばたく。

鴨遊び　御影の丘に　夏は来ぬ

水盤に毎年番《つがい》の鴨が来る。ハの字のさざ波を二つ描いて、御影の丘に初夏を告げる。

桜散り　躑躅が往きて　緑濃く

背が伸びて孤高の雰囲気を漂わせる棕櫚《しゅろ》の木と、背は低いが大きく横に広がり、夏の初めに橙色の大きな紡錘型の花をつける蘇鉄《そてつ》。二つの木の葉は分厚くて緑濃い、街より冷涼なこの地に南国の風情を醸す。

ぼたん落ち　かきつばた去り　梅雨に入る

梅雨待ち時、爽やかな季節は短い。
その短い間に順に咲く華麗な花は束の間に散って、雨の季節になる。

♫雨の六甲♫夜霧の御影♫

驟雨がくれば下界はたちまちホワイトアウト。墨絵のような印象画のような、奥行きの深い名画をそこに観る。
♫君はどうしているのやら♫
♫夜霧よ今夜もありがとう♫。

梅雨が去り　御影の丘に　藤騒ぐ

水盤の横に藤棚がある。垂れる房の、花の紫色は控えめで少し儚げであるが、葉は滅法勢いがあって力強い。おおかたはぶら下がっているのだが中に一つ二つ、天に向かって屹立しているのがいる。

藤棚に　カモメのジョナサン　見つけたり

キツイ〝六甲おろし〟に抗って懸命に立っているその姿に、遠い昔に読んだ『かもめのジョナサン』が思い出された。

我が人生「カモメのみなさん」なるか「ジョナサン」なるか??と。

朝な夕な、レストランから、棚下の椅子テーブルから、今を憂い過ぎ越し方を想う。

葉も揺れず　襟もと蒸れる　茅渟《ちぬ》の凪ぎ

寒暖が比較的穏やかなこの地にあって、ひと夏のある日、堪らなく蒸し暑い日がある。いつもは何がしかの〝六甲おろし〟が藤棚の下を吹き抜けてホッと一息つけるのに、その日は風はそよとも吹かず、「ああ、これが話に聞く瀬戸内の凪ぎか」。

八月の　御影に蜻蛉《とんぼ》　二つ三つ

八月に入ると早くも蜻蛉が来る。水盤に二匹、ツツツッと飛んでいた。

初盆に　藤ひと房の　里帰り

去年（令和元年）の一二月に義兄（姉の夫）が急逝した。八十一歳であった。今年八月、藤棚に季節外れの紫の花が一房ぶら下がった。ちょうど盆に入るときで、それはまるで初盆に、独り里帰りしてきたように見えた。

誰がために　深紅匂うや　さるすべり

色の少ない真夏、百日紅の緋色は暑い中に、いっそ爽やかさを呼んでくれる。

入道の　頭ひと撫で　絹の雲

猛暑だ酷暑だとこぼしている間にも季節は進み、空には入道雲の上を絹雲が流れる。

さるすべり　緋色寂びるや　晩夏往く

長い間楽しませてくれた深紅の花も、やがて色あせて夏の終わりを告げる。

秋長けて　いろはもみじの　錦織る

孤高のいろはもみじ。年の初めに枯れ枝に固い新芽がついて、春を迎えて葉が繁り、この地では一一月も末になると赤黄橙の錦を織りなす。

ゆくりゆく　季節を映す　ゆず湯かな

一日吹き荒れた嵐が突然おさまった初冬の夕刻、サウナで汗を流しながらふと南の方に目をやると、茅渟の海の向こう、泉州から関空の灯りが、視野いっぱいに点々と長く緩い弧を描いて並んでいる。大雨に洗われてか潔く、殊のほか透明に白く瞬《またた》いていた。

視線を落とすと、目の前露天風呂に柚子が浮かび、仄かな湯気が立っている。

「ほう!!　もうこの季節か!?」

牡丹雪　石焼き芋が　よく似合う

冬は風花が舞い、ときに牡丹雪が落ちては消えていく。

そんなある寒い昼、焼き芋屋さんが玄関の横にクルマを停めて商いをしていた。舞う雪の向こうに屋台がホカホカと見えて、郷愁が誘われる。

此岸の旅　向かうは西方　浄土かな

終活、それは彼岸を目指して往く旅路。花鳥風月二十四節気、ゆくりゆく季節に己が晩節を映し、詩心を友にして歩む。

来し方の己が行状を顧みて、こんなに恵まれていていいのかと訝《いぶか》るほどの、上等の此岸の旅である。

五、一年後の真夏だ

一〇分間のおつきあい

三週間に一度の六甲道の床屋さん、一年を超えて今年も続いている。このごろは歳に比例してか反比例してか、髪の毛の成長がよくなってきて？　二週間に一度になっている。

六月二七日も朝九時一〇分のバスで行った。お馴染みのシュッ、、、、ッとした理容師さん、「一〇分間の触れ合い」か「すれ違いの目と目の交流」は続いていて、散髪デーが楽しみになっている。

夏の予感

例年通り六月初旬に普通に梅雨に入った令和四年。

この地（神戸市灘区）では確かに「梅雨う!!」という日もあったが、ここ一週間ほど妙に雨が降らない「晴れ時々曇り」が続いている。

散髪の帰りはそこそこに暑かったものの、感じとしてまだ真夏ではなかった。電信柱の細い影を拾い歩くほどでもなかった。

コロナから熱中症へ

帰って来て昼、ニュースで、「関東甲信・九州南部梅雨明け」。翌二八日には「西日本各地も梅雨明けしたとみられる」。

全国的に観測史上最も短かかった梅雨、最も早かった梅雨明けだそうである。近畿は六月一四日に入り二八日に明け、僅か一四日間の雨期であった。六月の梅雨明けも、観測史上初めての出来事だそうだ。

梅雨待ち時はこの地では平年並みであったと記憶しているが、関東東北では五月下旬から六月初め、連日「線状降水帯が発生」「経験したことのない豪雨」。半ばに入ると急に三九度やら四〇度、六月の新記録、今日熱中症で〇〇人搬送!!　危険な暑さ!!　外出控えて!!　などと、いっぺんに変わってしまった。

「エアコンを使え」「節電しろ」

「マスクを外せ」「マスクをつけろ」

「あたしゃ一体どうすりゃいいの？」

今年は六月に真夏が来た

それにしても今まではいつも「熱帯大阪」と言われるほど猛暑日・酷暑日が来るのが早く、去るのが遅かったこの地方に先駆けて、関東東北にそれが逸早く訪れ、関西は真夏日にはなるもののそれ以上にはいかない、という逆転現象が起きている。

殊に今住んでいる神戸の御影の丘では、エアコンを使ったのは未だ二夜だけ、昼は扇風機だけで余裕で過ごせる。冬は街より少し寒いが、雨につけても風につけても、穏やかな土地ではある。ありがたいことだ。

六月二八日、さっき六甲道までビールと水のお買い物。

真っ青な高い空に入道雲は見えず、絹雲が三つ四つ、日陰に入ると六甲おろしも爽やかに、これは初秋のようであった。水ものの入った重く大きな荷物、キャリング代わりのスーツケースを引きずって坂道を上ってきたが、日陰は選ぶものの、汗だくというほどの暑さではなかった。

その二日後、朝から御影エディオンにディスクやらプリンタインクを買いに行って、昼近くに店を出たら俄然猛暑が襲ってきた。阪神御影までの帰り道は電柱の影を拾って歩いた。

六月三〇日午前一一時、今年この地では今日、真夏が来た。

と思ったがそのあと

今日は七月の一五日、ここ二週間ほど全国的にお天気が悪い。神戸では一夜で一六〇ミリの雨が降った。穏やかなこの地にして珍しく「観測史上例のない降雨」という。昭和一三年の阪神大水害、私が生まれる前の歴史上の出来事であるが、前に谷崎潤一郎の『細雪』を読んでいたことで思い起こした。それを凌ぐ豪雨であった。

月の初めに台風四号が沖縄を襲って九州で温帯低気圧になって、ずっと雨・曇りが続いている。

「豪雨警報・避難勧告」の活字が新聞に踊る。

そのうちに天気図に「降雨前線」が現れた。

「残り梅雨」「梅雨末期」という声も出てきた。

気象庁　梅雨明け宣言　早すぎた？

梅雨末期　今がそうでは　ないかいな

そのまたあと

七月二六日昼、消しかけたTVから〝梅雨明け〟という字幕が目に入った。「ハン!?」と思ってネットで見ると、東北北部が今日梅雨が明けたという。念のため〝入り〟を見ると六月一五日で、日本の他の地域と概ね同じ時期。〝明け〟がここだけ飛び抜けて遅い、というか平年並みである。

梅雨明け宣言（今は宣言というのはなく……とみられると発表するが）を他の地域が六月下旬に軒並み発表する中、今日まで一ヵ月、耐えに耐えたものだと、気象庁東北担当の方（そういう方がいらっしゃるのか知りませんが）に「よくぞ我慢しました」と内心賛辞を送った。

六、夏と秋の間で

空の秋

六甲道の坂を上る
ふと目を上げると縹色《はなだいろ》の空
飛行機雲が二筋走っていた
そのあいだを絹雲が棚引く
ああ　もう秋なのだ
と思えど地上はまだ真夏
そうか　これを
空の秋　というのかも知れない

露天風呂の夏と秋

露天風呂
見上げる空に　絹の雲
東に視線を転ずれば
真白き入道　ムクムクと
中から飛行機　湧き出でる
西に進みて　青空に
かかるや　ピカリと輝きて
雲の彼方に　消え去りぬ
後を追うように　一匹の
シオカラトンボ　透明の
羽根震わせて　通り往く

仲秋の名月

揺れる薄《すすき》に誘われて
東に低く月昇る
スーパームーンは黄金色
雲が二筋棚引きて
源氏物語の絵巻物
今宵ぞ愛でる仲秋の
ああ名月や名月や
ことしは九月一一日

七、白秋の青春

仙人の　暮らしを描き　ここに来た

老人ホームに入ることを決めたとき、ある友人は「老けるぞ」と言って脅かした。まあその辺が世間の感覚であるようだ。

世捨て人とまでは言わぬが、少なくとも「娑婆とは〝おさらば〟ボクの青春は終わりだぁ!!」そんな気持ちでここに来た。

しかし、ここにも青春はあった。

白秋に　思わぬ青春　還り来ぬ

フロントやレストラン、フィットネス、大浴場と、日常顔を合わせるスタッフは多い。看護師さんも、身の回りや私事の相談にも応じてくれるコンシェルジュもいらっしゃる。この方たちはみんな若い。私たちとは一世代以上離れている。中には孫のような方も。

八十路の私からすれば正真正銘立派な若者と、世代を越えて青春の世間話がはずむ。暮らしの趣き、人生談義に読書談義、詩歌のやりとり、百人一首の掛け合い、懐メロの掛け合い、色っぽい都都逸。ここでそんな話ができようとは思いもしなかった。遠い昔日の、ウラ若き時代の青い会話を楽しんでいる。くすぐったくも心のときめきを覚える自分を見て「まんざらでもない」。

蛍雪の友

ここのスタッフには本の好きな方が多い。さすが私が選んだホームだけのことはある!?「我が意を得たり」の気分である。

得意気に「想像力は、活字が九〇％必要、映像は一〇％しかいらない」なんて蘊蓄《うんちく》を傾ける。

みなさんには、私の二冊の本も読んでいただいているようで、ありがたい話だ。

そんな方たちとは、無意識の裡《うち》に引き合うものがあるのかも知れない。

通りかかって眼が合うと、何となく歩み寄って何かしらの話をする。

八十路の身を忘れて日々愉しい。

かもめのジョナサン

初夏、レストランから見える藤棚にひとり元気に天を衝く力強い葉枝に連想した『かもめのジョナサン』。

大浴場には入浴者の安全のためお見守りのスタッフがついていて、そのお一人にその話をした。そしたら何と早速その本を買ってきて読んだという。私にも回してくれて「ああ、こんなだったなあ」と、哲学にも似た物語が半世紀を経た今よみがえって、話は弾む、心もはずむ。

完璧に時空を超えた交流であった。

トラスト御影のトラとドラ

プロ野球では珍しく中日ファンと遭遇した。タイガース〝トラ〟とドラゴンズ〝ドラ〟の自慢し合い？　慰め合い？　けなし合い？　が軽妙で愉快だ。と言えども真情は双方結構マジであるのだが。

周りのスタッフから「二人のリアクションで勝ち負けが分かります」……みんな一緒に楽しんでくれている。

その人は四月から入って来たフロントのスタッフである。東京や大阪の高慢ちきないなかっぺが揶揄していう〝大いなる田舎〟名古屋から来られた。しかしそんな言い回しには全然そぐわない、シャキシャキっとした完璧な都会のお嬢さんである。

眼がクリッとして、大変朗らかで明るくて、弾ける笑顔が眩しい。

おやじギャグを放っても頭を抱えてホンキで笑ってくれるし、即席で一句、なぁんて下手な川柳にも合わせてくれる。タイプである。

プロ野球にメッチャ詳しくドラゴンズ一筋だ。お年齢《とし》（まだ知らないが）の様子からして自分のトラファン六〇年の長きには及ばぬものの、思い入れは同じか、それ以上のものを感じる。

例の調子で「タイガースがもう少し強ければ人生もう少し明るかった」と言えば間髪を容《い》れず「岩本さまは今のままで充分明るく面白いです」と返ってくる。さまは堅っ苦しくていただけないが、何せレスポンスが早い。

今シーズンはお互いBクラスでやっているし、ここ十年以上優勝から遠去かってもいるのでお互い〝威張れるチームではない〟という自覚は持っていて、半ば自嘲気味に「最下位脱出」「三位を目指そう」「巨人をやっつけよう」と、励まし合っている。

だが今九月も下旬、五位と六位、最下位争いになってきた。

次男坊烏と次女姫と

私は次男、その方は次女だという。予《かね》てより〝姫〟と呼んでいた孫のように見えるスタッフである。さしずめ次男坊烏と次女姫というところか。

大変お若く見ていた。ある日干支《えと》の話が出て計算して、昭和〇〇年生まれ!? といったら、一回り若く間違えていた。ウチの娘たちと同じ世代ではないか。

人さまにホントの年齢を言うと「年齢詐称」と言われるらしい。未成年が二十歳と詐称してその筋の店で働く話はよく聞く。しかし「この歳で年齢をうんと上に言うことはあるまいに」。

顔を合わせると話がはずむ。詩歌や季節の移ろい、美術館・博物館の話題、本の話、その時ときの心情やら……。しかしすぐにパロディーや冗談の掛け合いみたいになり、とんでもないところへ飛んで行って、どこに落ち着くやら分からなくなることがしばしばである。どうせ二人は次男坊烏と次女姫、自由で奔放な育ちなのだと確認する。

とは言いながら、立ち居振る舞いや印象はエレガントな淑女である。

お仕事中はテキパキとして優しい老人ホームの若きスタッフと、ときに詩情あふれる
る、ときに面白可笑しく、束の間の会話を楽しむ。

怪しのポエム

あるスタッフがある日、ある他所《よそ》の人のことを恨みに思って呪いをかけたいという。

「呪いなんてわたしは執念深い性格でしょうか?」「イヤ、そんなことはない!!」「丑《うし》の刻参《こくまい》りってのはどう?」。

ときにNHKの〝鎌倉殿の13人〟で坊さんが呪いのお経をあげるシーンが、このところ毎週出てくる。

「藁人形でいこうか」。にっこりと「面白い!! いいですね!!」。

そんなやりとりから、こんなポエムができる。

うら若き乙女子が
諧謔《ユーモア》込めて打ち明けた

藁人形を打つという
詳しい事情は聞かねども
余程にもつれて綿々と
恨みつらみが　あるような

よくよく聞けば　納豆の
藁苞《わらづと》使いて作るらし
それはいいねと手を打って
大いにやろうと嗾《けしか》ける

三日経って首尾聞けば
材料得るため納豆を
一本食べたら腹くちて
気持ち緩みて先延ばし
もう二本
喰らいて　も一度　考えるらし

この方その後これを読んでは、いろんなシチュエーションで、例えば危ないことに車を運転しながら大笑いしているという。

丑の刻詣り……その顛末は……聞いていない。

果たせない　空約束は　幾たびか

老人ホームには世間さま以上の規制があり、格調高い……良識もある。ましてコロナ禍、外出・外食自粛なども公告されている。それは承知しながらスタッフに、できないお誘いをもちかける。

新世界に〝二度づけ禁止の串カツ〟を食べに行こうとか、大阪梅田の阪急食堂街に一杯飲みに行くとか、天保山の観覧車に乗ろう、甲子園球場に行こう、美術館巡りをしよう……。今まで何人と何回空約束したことか。

こんな軽妙な会話を紡ぎながら、もしかして内心〝瓢箪から駒〟を期待しているとか……。

八、御影の道楽息子

内職

《トラストグレイス》に入居して一年と三ヵ月が過ぎた。

向こう三軒両隣りの方に「岩本さん、昼間なにしてるの？」、「内職で忙しくしてます」「内職ってなぁに？」「封筒貼り」。

まだ老人ホームの〝ろ〟の字も頭になかった令和元年の五月に、幻冬舎に『噂の豪華客船……そこには何があったのか』の原稿を送っていた。

それが動き出したのは一〇月末。引っ越し前後の喧騒と新居で日々を追いつつ、編集者とのやり取りと度重なる推敲に追われ、一二月に入ってようやく、初めての見本本が送られてきた。立派な単行本に仕上がったのを見て感慨を覚えた。

年末、その内の五〇冊を旧知旧友、船友（クルーズの友）に出版のご挨拶を兼ねてお送りし、翌二年一月末、出版の運びとなって本屋さんに並んだ。私にとっては大仕事のそれが一段落したのである。

そして、終活の生業《なりわい》にも少しずつ馴染みができてきた三月に《コロナ禍》がやってきた。外出がウンと少なくなって、館内の遊びや運動に興じるようになってきたころ、「岩本さん、二冊目の本は？」とお声がかかった。俄然その気が湧いてくる。

「もし二冊目を書くならこれかなぁ」と、折に触れて書き溜めていたエッセイ集らしきものを穿《ほじく》り返して、再び本作りが始まった。そうなるとまた、すぐ夢中になる。寸暇を惜しむように書いては書き直し、推敲を重ねるうちに春が過ぎ、夏の暑い盛りに一応まとまった。原稿を複数の出版社に送って、こんどは「文芸社」に決めた。

時間のスキマ

そこでゲラが上がるまでの間、少々時間のスキマができたので、中途半端に終わっていた終活の仕上げ〝遺言書〟作りにかかる。一所懸命考えて司法書士にもお願いして、これは二ヵ月で片がついた。

間髪を容れず次の内職に移る。それはビデオ作り。

遠い昔、暇を見つけてビデオテープに収めた『ゴジラ』や『日本沈没』など、たくさんの古い名画がある。あの阪神大震災のドキュメントもテープである。《ビデオテープレコーダー》も、もちろん引っ越してきた。

今は売っていないし修理もきかないそれが生きている間にＤＶＤ・ＢＤに書き出す。これは急がなければ!!　それも入っていたＣＭを抜き、ディスクにレーベルを映画の看板みたいに印刷し、ケースのラベルも作って本格的である。

こんな内職、じゃない道楽を間に挟んで、相も変わらず忙しく暮らす。

『この世異なもの味なもの』と名付けた二冊目の本は、令和二年の秋にゲラが上がってきて、文芸社との間で精力的に校正を行い、年末に見本本五〇冊ができてきた。再び旧知、旧友、新友（トラストの友）、船友……、読んでいただきたい方々に送る。

年は変わって一月も二〇日が過ぎた。それが書店に並ぶ月末を楽しみに待つ。

ようやくにして、次は何して遊ぼうかなあ!?

御影の道楽息子

このホームに「御影のご隠居」というパソコンネームで通っている方がいらっしゃる。Mさん、歳は五つ若いが、ここでは五年先輩である。

『噂の豪華客船』の本がご縁で、同じ高校を出ていることが分かった。全国的にも稀有な環境の学校（詳細は『この世界異なもの……』に書いている）の懐旧談に往時を蘇らせ、幾星霜を経たこの邂逅に〝人生意気に感ず〟と、食事会などを重ねている。

Mさんのパソコンネームに触発されて、自分は「御影の道楽息子」と名乗ることにした。

次は何して遊ぼうかなあ……道楽息子が思いついたのは、一つは二〇一五年南回り世界一周九七日間クルーズのビデオ作り。

単なる記録ものはだいぶ前に作ってあったのだが、あれもこれもと詰め込み過ぎてDVD五枚、六時間もあり、とても人さまに見ていただける代物じゃない。ただでさえ、他人の撮った写真やビデオなんぞ「珍しいですねえ」なんてお愛想を言っていただけるが、ホントのところは敬遠されていて、まともに見てくれるものじゃない。そこでこれをうんと短くし、何か人の眼を引く工夫なり演出をしてドラマチックに書き直すか……難しいなあ……でも挑戦する値打ちはある。

創作意欲

こんなとき「あの人とこの人に見てもらうのだ」と、お顔を思い浮かべると高揚感に包まれて、より一層腕に縒《よ》りをかけるようになるものだ、という心理を発見した。心理なんて大仰に考えることでもなく単純に自分を乗せるだけのことだが、これは文章作りにもあてはまる。見てもらうその人のお顔、読んでいただけるその人のお気持ち、これは素人の創作活動の原点であるかも知れない。

こんなことやってていいの？

令和三年は如月から〝二〇一五年クルーズ〟のビデオ作り。毎日毎日、いやになるほど再編集再々編集に取り組んだ。結局背景音楽とかコマ数とか、まあ不十分ながらもDVD二枚にまとめて、半ば強いて終わらせたのが六月末。そしたらまた勢いで、その前の〝二〇〇九年北回り世界一周〟の制作に突入してしまった。これも度重なる編集を経て、一〇月下旬に一段落。

あのとき、今年の初め、二冊目の本が出版されたときワクワクして「これからゆっくり」と思案したのに、またまた毎日忙しく、一銭のお金にもならない内職〝道楽〟をして、春夏秋と過ごしてしまった。「こんなことやってていいの？」ある種自戒を込めつつ。

まあ何につけても、三シーズンを無駄？に過ごしても、どこからも誰からも、お咎めも制裁もない。今日明日の生活に支障を来しているわけでもない。「ありがたいことだ」と、感謝するところだが、現役のときと違ってお叱りも何もないということに、一抹の寂しさを感じていることも事実である。

柳の下の三冊目

一〇月末文芸社から『費用〇円で出版募集』の案内がきた。これは期限が一二月で準備も何もなかったから見送ったが、大いなる刺激になった。

多忙な内職の合間にも習慣みたいなもので、日々の徒然をPCのドキュメントに書き留めている。本にするようなアテもなくただ徒《いたずら》に書き散らしただけの代物であるが、晩秋のある日、小見出しを眺めていて突然「やったろか⁉」。

三冊目を意識した瞬間である。出版できてもできなくても、とにかく書き続けてまとめてみよう。

やれやれ、まだ道楽を続けるの？　ちょっとウンザリしながら、少しワクワクしている自分を見て驚いている。

九、酒呑童子

八十路越え　お酒たしなむ　健やかに

ここ老人ホームは平均八十二歳、世間の常識、娑婆で言うと〃枯れた人の集まり〃となるが、イヤ実は自分も仙人の生活を嘉《よみ》して入ってきたのだが、ここにも酒呑童子の現役がいらっしゃった。

とにかくお元気に、おいしそうに、ドクターストップがあるのかないのか、毎日〃お酒〃を嗜《たしな》んでいらっしゃる。大変愉快だ。

バレンタイン三〇年をいただいて

あるお方は飲まれる銘柄が毎日違う。上等のスカッチを水割りかソーダ割りで。ときに、おすそ分けをいただく。

『酒なくて　何がこの世の　桜かな』を、地で行っていらっしゃる。実に幸せそうである。

今日ここで　五臓六腑に　沁みる酒

酒と女に彩られたボクの人生（これはウソ）!?　あの方はどんな人生を歩んでこられたのだろうか。

ここでは過去の人生を語る、職業を聞くことは滅多にないが、幾星霜を積み重ねてこられた彫りの深い雰囲気を、自ずと醸し出されている。

月一度　集いてはずむ　食事会

〝喜楽会〟という名の月一度の食事会に誘われて一年、毎月第四水曜日が楽しみになっている。昭和二年生まれの方を筆頭に一〇人、一番若い方は後期高齢者になられたばかり。私は若い方から三番目で若い衆の一人だ。

レストランの個室で、普段より上等な〝季節の料理〟と、それに合わせて専門家が選んでくれたワイン、日本酒が出る。コースメニューの懇切な説明もあって、高級レストラン並みである。船のコース料理を思い出す。

もちろん料金も別枠であるが、シティーホテルのそれに比べてずいぶんお手頃である。

みなさんお元気で健啖家。ほとんどの方がお酒を嗜まれる。若いころはさぞかし十二分に楽しまれたであろうお方も、現役の酒豪もいらっしゃる。

爽やかな会話がまた楽しい。

一〇、愉しみ

心に太陽を　唇に歌を

いつのときにも周りに人が見えなくなると歌やメロディーが出てくる。「心に……」というほどカッコいいものではないが、家にいると結構大きな声になっている。ときに夕方、何気なく口に上せた歌なり曲が頭を占領し、寝るときにまで渦まくことがある。そんなときは「ストップ」と声に出して何とか静めて寝に入る。諸姉諸兄にはそんなことございませんか⁉

口にするのは演歌、懐メロ、歌謡曲。童謡唱歌、賛美歌に、ジャズ、クラシック、オペラまで。ときに戯れ歌も。

歌詞がない交響曲や協奏曲はフッー鼻歌にはならないのに擬音で口ずさんでいる。

また「そんなに軽く、ましてや鼻先で歌うものではない」と求道者にお叱りを受けそうな、そして芸術に対し奉り失礼ではないかと思うものまで、何でも唇に乗せてしまう。

そのときの気分でジャンルを選んでいるのかと思って、あるとき反芻したら、傾向も何もなかった。独り唄いながら、自分に呆れている。

老人ホームで老後に備える

八十路の今に始まったことではないが、ＴＶで放送される古き良き時代の映画をせっせと撮り溜めている。ＣＭを抜き、ラベルも印刷して、お店に並ぶＤＶＤやＢＤ映画に似せた体裁に仕上げている。

写真、作文、孫やクルーズのビデオ作り、などと合わせて〝内職〟の一つになっているが、その出来上がった作品を観ることは滅多にない。

「この忙しいときに何で⁇」というところであるが、実は老後の愉しみに備えているつもりだ。

もうすぐか、まだ先か、何歳だか想像つかないが、内職をみんなやめて、昼間っから何もすることがなくなったときのことを考えると焦りと恐怖を覚える。

まあ本を読むことは続くと思うが、それだけでは昼の十二時間？はもたないかも？

あれほど憧れてきた〝退屈〟に、いまさら恐れをなしているのだ。

つまり老後に備えて、せっせとＴＶ番組表を検索している。

一一、甲子園に想う

久しぶりの甲子園

コロナ禍で長い間《ま》が空いたが、現役のときからずっとお世話になり続けている税理士のS先生にお誘いいただいて三年ぶりに行った甲子園球場。グリーンシート中段の少し一塁寄り、右バッターのときピッチャーの球筋がよく見える、まことに結構な席である。

六月の日曜日のデーゲーム。グラウンドは今も、手入れの行き届いた天然芝と水はけのよい天然の土、鮮やかな緑と濃い茶色のコントラストが眩しく、昔から変わらず美しい。名物ジェット風船は見られなかったが、スタンドを埋めつくした白に、黄色と黒が際立つ。「懐かしい!!」。

ホームを出るときスタッフに「これから甲子園」と声をかけたら即座に「ビッグボ

スですね」と返ってきた。そう、今日はセパ交流戦、相手は日ハムである。「おっ!! プロ野球通がいた」「よく知ってるなあ!!」頭の回転の速さにびっくりして、それからその方が気になる存在になる。

試合は阪神の快勝。それもさることながら、行けたことが嬉しかった。

阪神タイガース

小学四、五年生のころ、日本にTVはなくラジオの実況中継を聞いていて、いつとはなしに大相撲にはまり、栃錦のファンになった。前頭から小結関脇になった新進気鋭の頃である。その後TV放送が始まり、横綱になって栃若時代を築き、きれいな引き際で引退するまで、土俵に一喜一憂したものである。

中学生になったとき、この時代、プロ野球がカッコいいと思ったのか、これもいつの間にやら熱烈なタイガースファンになっていた。

大阪には、人気球団の南海ホークス（今はソフトバンクホークス）、当時住んでいた古市（今は羽曳野市）の隣りにあった藤井寺球場をホームにしていた近鉄パールズ（今はオリックスバッファローズ）も健在であったのに、何故タイガースだったのか、何かの〝血〟がそうさせたのか、そのときの少年の心理……それは分からない。

以来六十有余年、八十路に入っても、のめり込んだままである。

「タイガースがもう少し強かったら人生もっと明るかった」なんて言いながら。

甲子園球場

もの心つくかつかないかの頃、甲子園浜に泳ぎに連れていってもらった記憶が微かにある。

初めての甲子園球場は中学二年生のとき。一度は行きたいと憧れていたものの、とても行ける環境ではなくお金もなかった。

そんなとき、今から考えるとその時代の田舎の学校が⁇と不思議に思うが、大リーグが来てブルックリン・ドジャースと阪神タイガースの試合に団体で行く募集があった。ちょっと年配の国語の先生が舌を噛みながら説明してくれた。そんなに高くはない金額であったと思うが何とかかんとか工面して、胸ふくらませて近鉄と地下鉄と阪神を乗り継いで行った。そのときは球場の大きさと雰囲気にのまれて、ただただ興奮して帰っただけで試合の内容は覚えていない、多分阪神は負けたと思う。

成人したころ、昭和三七年にタイガースは初めて優勝している。弱冠二十歳の若き血をたぎらせた。が、日本シリーズでは東映フライヤーズ（今は日本ハムファイターズかなぁ？）に二勝しただけで終わった。

一年置いて三九年に二回目の優勝。その翌日一〇月一日。予てよりわざわざ東京出張をつくっておいた開業初日の新幹線、新大阪〇八：〇〇ひかり六号に心躍らせて、そしてたくさんの新聞を買い込んで勇躍乗り込んだものだ。

この年はオリンピックイヤーで変則日程になり、リーグ優勝の翌日から日本シリーズが始まった。南海ホークスとの「御堂筋シリーズ」ともてはやされたが、三勝四敗で負けた。南海の助っ人スタンカにひねられたのを覚えている。

東京にいたとき

翌年二十三歳のとき、会社の転勤で半年の約束で東京に行った。その半年が経ったら約束した課長がどこかへ転勤してしまってうやむやに……サラリーマンにはよくある話だ。結局一一年になった。

二十歳過ぎから三十過ぎ、世の中の仕組みを一番勉強するときで、およそ経理以外の数多の職種を経験させてもらった。斯くしてビジネスは〝東京流〟になった。しかし〝食事の大阪流〟〝タイガース一筋〟は頑固に変わらなかった。「あたりまえだのクラッカー」。

周りはみんな巨人ファン、関西出身の者までそういう輩がいて、大阪弁で「キョジンキョジン」と言いよるのには辟易した。それでもボクちゃん負けていない、張り合うのが楽しかった。

とは言え昭和四〇年代は巨人が九連覇の最中、議論に勝っても阪神はやられ続け、悔しかった。

京都から甲子園へ

昭和五一年、大阪に転勤還りして、石清水八幡宮にほど近い京都府綴喜郡八幡町（今は八幡市）の男山（京阪樟葉駅からバス一五分）に住んでいた。ここから甲子園まで行ってナイターを見て帰ると、ときに最終バスに間に合わなくなる。それがかなわないので西宮に引っ越した。

話のネタとしては面白いので人さまにはそう話しているが、実のところ、子供が大きくなって2DKでは狭くなったから探したのだ。とは言え、甲子園への憧れが決め手になったことは間違いない。

大会社を飛び出して小さい会社をつくって六年目、昭和五九年の春であった。

地元甲子園

甲子園球場へ歩いて一〇分自転車で五分、地元になったのだ。これは自分にとっても家族、妻と二人の娘（中二と小四）にとっても画期的な出来事で、その後の生活文化と子供の成長、進路の、大きな節目となった。

折しもその年のセンバツ、全盛のPL学園、清原桑田が乗ったバスを「見た!! 見た!!」と〝ミーハー〟した。

優勝から日本一へ

翌年タイガースは二一年ぶりに優勝した。

私はもう立派な？ 中年になっていた。

神宮球場でヤクルトと引き分けて決まった瞬間、こらえきれずに涙をしゃくりあげた。受験勉強真っ最中の長女が、冷えたビールを愛用のジョッキになみなみと注いで黙って差し出してくれる。涙と一緒に喉を潤した。長女も次女ももうバリバリのトラ。東京で生まれ育って〝巨人だけ〟の妻が子供と環境に強要??されたのかどうか、いつの間にか阪神ファンになっていて、家族みんなで祝杯を上げた。

TVで臨時ニュースが流れた。

国際電話がかかってきた……ニュージャージーに住む高校以来の友、小中学生の我が子を夏休みになると長期ステイに預けた……熱狂のトラファンSから「優勝おめでとう!!」。

大阪ミナミ、お馴染みのスナックのママがトラ縞模様のおにぎりを作ってくれた。ちなみにこの方、東京出身で、店の常連さん仲間はみんな阪神以外ファン。敵味方を超えた祝福を受け〝六甲おろし〟を高らかに歌った。その日甲子園に帰ったら翌日……夜が白々と明け染めていた。

会社では、隣のちょっと広い喫茶店を借り切って五〇人の大祝賀パーティーをやり、ヤクルトファンと巨人ファンにも来てもらって「よくぞ優勝させてくれました」と、立派な感謝状を贈呈した。

続いて日本シリーズで西武ライオンズに四勝二敗。

ボクにとっても球団にとっても初めての《日本一》になった。

甲子園家族

甲子園ではシーズンでだいたい六〇試合あるのだが、その年足を運んだのは三〇回を超えていた。日曜日のアルプス席を一〇席も買って、お得意先の方々をご招待したりもした。

たまたま会社を早めに引き上げて帰宅、夕食しながらTVで阪神が逆転しようものなら、食べてる途中でも次女と目配せして、自転車で球場に駆けつける。七回くらいになって内野席入り口の辺りをウロウロしていると、番をしているおじさんが「入り!!　入り!!」と無料で入れてくれた。

後年短大生になった長女が、甲子園球場でリリーフカーの運転ギャルをやるようになった。当時は外野にラッキーゾーンがあって、そこから内野までピッチャーを乗せてくるアレである。その待機場所が内野席とアルプス席の間にあって、上からよく「観察」したものだ。球場に行くたびに、イヤ、娘を見るために球場に行ったのか、「変なオッチャンがこっちを覗いてる!!」と、噂になったらしい。

娘の引きかどうか、妻が高校野球の切符売り場のおばさんになって、「春と夏に全国からお客様をお迎えする」という栄誉ある気分に浸った。

次女と私は七つ道具をそろえて轟轟《ごうごう》たる応援に加わり、選手一人ひとりの応援歌を覚え〝六甲おろし〟を唄った。
家族上げて甲子園球場のとりこになっていた。
長女も次女も甲子園で成人していった。

年間指定席

会社の現役真っ盛りのころ、昭和の終わりから平成にかけての一〇年間くらいだったか、甲子園球場の年間指定席を持っていた。タイガースが二一年振り優勝の後で、初めはいい席が取れなかったが二年ほど続けていたら、お気に入りのところに移れた。イエローシートの中段で、銀傘の端に近いが一応屋根の下、通路際でビールも買いやすい、なかなかの席である。営業用と福利厚生向け、二席確保していた。

これは大変人気があって、先ずはお得意先のファンの方にお渡しし、社員にも好評で抽選をした。私はその残り、優勝の行方が決まった後の売れ残った時期に行ったものである。

そんな中、いつのシーズンだったかヤクルトとの最終戦を妻と二人で観に行った。その時分は強かったヤクルトの優勝決定の試合、目の前で野村監督の胴上げを見た。もう一ヵ月も前から諦めていたのか、あの強烈な阪神ファンが慌てず騒がず大人しく祝福していた。そのときの光景は流転輪廻と言おうか、何かしらの喪失感を伴って、強く印象に残っている。

年間指定席は、会社の業績がちょっと思わしくなくなって「気合いを入れ直さなきゃあ」と、社員と共に「ブレイクスルー」を決起したとき手放したが、それを持っている間、タイガースは優勝してくれなかった。

高校野球

時は移って平成一〇年（一九九八年）八月二二日、夏の甲子園決勝戦があった。成章高校（そのころは平安高校であったと記憶している）と横浜高校。松坂大輔がノーヒットノーランをやった、あの試合である。それを観に行った。

バックネット裏、キャッチャーの真後ろのいい席に座って気がついた。「アッ!!ここはTVによく映る」。

折しもウイークデー、お忍びであるので、見つかったら社員とお取引先に何を言われるか分からない。そこで時節柄大きなタオルを持っていたのでそれで顔をくるんで眼だけ出して観ていた。

まあ歴史に残る試合であったので人さまに吹聴したかったのだが、それは辛抱した。その日から二四年が過ぎ、会社を継承してからでも一五年経つので、令和の今、もう白状しても差し支えなかろうか。

＊　　＊　　＊

その日からちょうど一年後、一五年住んだ甲子園を離れて、ワケあって単身、大阪南森町（天神橋筋三丁目）へ移った。

会社が天神さん（大阪天満宮）のまん前にあって表向き職住近接としたが、家族と共にする生活はそれで終わった。

一二、クルマにお別れ

分身

クルマ、それは仕事と生活、自分と家族、常にその中にあった、身体の一部であった。五五年間の共生。

そのクルマを手放すことに決めた。その日は令和四年一月二九日、八十歳まで三週間という日であった。老人ホームに入るいっとき、やめようと思ったこともあったが、それから二年三ヵ月が過ぎていた。

ここは阪神阪急ＪＲの駅を結ぶシャトルバスが頻発しているので日常に不便はない。旅行は電車バス船で行けばよい。

とは言え夕刊を読んでいて思いつき、翌朝パッと旅に出る、そんなことはできなくなるなあ……予てから「八十になれば」との固い決意であったのに……逡巡する。「まだいけるのに」と未練が交錯する。

迷って娘にも相談し「小さい車にしたら？」と言ってくれたが。

イヤ!!、、、、「まだいけるはもう危ない」と我が甘えを戒めて決断した。

しかしそのとき、執念というか、長い間の妄念から抜け出たような気分になったことも事実である。何だか身が軽くなったような解放感。

自分が死ぬときに、こうでありたいと願うような諦観の感覚にも似ていた。

時同じゅうして免許証の更新があった。「もし誰かの運転でデートしていて、その人が急に腹痛を起こしたら」「彼女（誰のことかは内緒）は車庫入れが苦手と聞いている」「そんなとき運転代わらなきゃぁ」なぁんて理屈をつけて、先ずは（甲子園自動車教習所で）認知症テストを受けたら九五点で余裕で通過、講習・実技と続き、（兵庫県警別館の）本免許までスッといってしまった。有効三年であるが、もちろんゴールド免許である。

走馬灯

人は死ぬとき、過ぎ越し方が次々と走馬灯のように頭に心に浮かんでくるという。クルマを手放すときにもそうなるとは思いもしなかった。

悪いこととして

東京で、確か昭和四二年、二十五歳のころだったと思う。そのときの上司と同僚と私、小悪《こわる》の三人が集まって、会社の名前を使って個人で、喫茶店の音響の仕事を請け負った。いただいたお金は、現金で、五以上の数十万円、三人で山分けである。給料が確か五、六万円くらいだったと記憶しているので結構な金額である。

時間のやりくりは営業職であったから何とでもなったが、領収書はどうしたのか、とかのことは覚えていない。とにかく、技術畑出身の自分が現場の責任者になり、先輩二人にあれこれ指図して仕上げた、そんなことだけ覚えている。

クルマとの出会い

悪銭身に付かずという。そんな理《ことわり》を当時の自分が意識していたのだろうか、このお金はすぐに使ってしまうに限るとばかり、そのころは夢と羨望だけであったクルマを買うことにした。いすゞ《ベレット》を二十何万円かで手に入れた。中古車である。車庫も何もない、千葉県市川市にある独身寮住まいだったのに、よくも買ったものだ。昭和四〇年代のこととて車庫証明というものもなく、役所への届け出も不要だったのか⁇　今にして思う、ずいぶん思慮分別のない無茶なことをしたものだと。

普通の人が車を持つことは滅多になかった時代である。それを、たかが二十歳代の青二才が突然持った。よく悪事が露見しなかったものと、今から考えると大胆で不注意で危ない橋を渡ったものだと感心する。

他の二人は、何に使ったのか使ってないのか、それは知らない。

事故・違反・錦糸町

初めの頃ご近所の信用金庫の前の道路に停めていて、ある朝行ったら運転席側のドアがご丁寧に二枚とも、ボコッボコッと凹まされていた。路上駐車であるからどうしようもなく、これが修理の第一号である。

違反の一号は秋葉原、都電の停留所の直近に停めて電気パーツを買いに行っていて、駐車違反で捕まった。

事故一号は帰寮途中の蔵前橋通り、追い越しざま、ちょっと早く左車線にもどってしまって、相手の右前と自車の左後ろがぶつかった。丁寧にお詫びし、修理費をお支払いして事は済んだ。相手のお方がおとなしい人で助かった。

その後も色々あって、錦糸町「交通違反簡易裁判所」へは、度々行ったものだ。今は簡略化されて「違反切符」になっているが。

デート・帰省・新婚旅行

最初の妻に迎えた女性との初めてのデートは車を手に入れた直後で、三浦半島の城ヶ島から、夕刻の♫いとし羽田のあのロビー♫であった。

ほどなく買い替えて二台目は、シトロエンにも似た《フローリアン》という名車である。やっぱりいすゞで、これももちろん中古車だ。

この車は大変お気に入り。修理しいしい、自分でプラグを磨いたり、バッテリーやベルトを交換し、穴のあいたマフラーにカバーをかけたりして奮闘し、都合七年乗った。

年末年始の帰省。新幹線の切符が取れなくて、友人三人とガソリン代を出し合って、当時まだ東名高速道路が首都高から神奈川県厚木までしか開通していなかったので、そこから名神高速小牧まで一号線……延々一一時間かけて大阪まで行って、帰ったものだ。

そのころ庶民の希みであった公団住宅に何度目かの応募で当選し、東京北区赤羽の単身者向け1Kに一年半ほど住んだ。車庫はまだなく団地の片隅に停めていた。

お正月にそこから、あのデートの婚約者と叔母・兄弟の顔合わせに大阪へ行った。東名高速道路は開通していて、帰りの深夜、富士川の辺りから真正面に全山雪化粧の富士山を見た。青黒い夜空に浮かぶ真っ白な山体、幻想的で大きな景色が今も目に浮かぶ。その後何度も望見し、そのための旅もしたが、このときの富士山に勝るものはない。

新婚旅行は東北方面を一周、こちらは高速道路は全くなく、一般道を通って一週間観光した。ガソリン代はそのときの上司が社用のチケットを、旅館代は懇意にしていた旅行会社が出世払いで、用意してくれた。

式の費用はお祝い金で賄った。のんびりした、大らかな時代であった。

式場から出発するとき悪友から、車の後ろに『新婚旅行中』とデカデカと張り紙をされた。信号待ちのとき周囲がニヤニヤしているので気がついて、慌てて外した。

千葉県松戸

結婚して千葉県松戸の公団2ＤＫに移った。そこで初めて車庫をもった。買い物も近郊の遊びも、もっぱらクルマである。ちょっと南へ行くと江戸川、寅さんの映画に出てくる広い河川敷があった。子供が生まれて成長するに従って、手を引いて散歩し、駆けっこし、凧揚げに興じた。ちょっと北へ行くと小高い丘があって、遠く富士山が見えた。

クルマでコンサート

子供に聞かせようと、カーラジオにテーププレーヤーを付けた。当時は八トラックで、ほどなくカセットテープに変わったが、そのソースをふんだんに買ってきて入れて、童謡唱歌からクラシックまで、幼児のときから、さんざん聴かせたものだ。

小学生になった娘が〝猫ふんじゃった〟に〝モーツァルト〟をない混ぜにして歌っているのを聞いて、妙に嬉しかったものだ。

仕事も旅も　その一

当時（昭和四〇年代）は規則も緩く公私混同、自分のクルマを仕事に使うことは黙認されていたから、東京近郊、関東の街はほとんど行った。

家族旅行では房総半島の海水浴や武蔵野村や軽井沢と、関東甲信越に足を延ばした。大阪への帰省も《フローリアン》であった。

初めての新車

初めての新車は三代目、日産《サニー》でクーラー付きを張り込んだ。

そのすぐあと昭和五一年、一一年ぶりに大阪に転勤還りした。二年後に電気技術会社を立ち上げたとき、セダンの屋根にキャリーを取り付け、脚立や工具箱をくりつけて走ったものだ。

その後〝バン〟に乗り換え、次いで社用車と私用車に分けた。

家族旅行

大阪平野区に住んだ半年、京都の男山に移った七年、そして甲子園の一五年、家族奉公は専《もっぱ》らクルマ。京都奈良神戸、南紀、四国、山陽、山陰と、子供の学校の休みにフル運転した。

昭和の終わりころ、上が中学生、下が小学生だったと思う、夏休みに足摺岬に行った。行きはフェリーで一泊、寝ている間に着く。三日間ゆっくり遊んで、いざ帰る日に台風でフェリーが欠航。現役で盛んに仕事中であったので延泊もならず、陸路帰ることにした。

そのころの四国には高速道路はなく、早起きして朝八時に宿を出て、高知から四国山脈に分け入り、延々山道を走る。大歩危小歩危ではちょっと舟遊びをしたり、当時甲子園で強かった池田高校の前を通ったりして午後遅く、ようやく徳島に着いた。まだ明石海峡大橋はなく鳴門海峡大橋は架かっていたので淡路島に渡る。島の北寄り東岸の津名という港から〝甲子園フェリー〟が出ていて、それに乗って夜九時、甲子園の我が家にたどり着いた。一三時間の旅であった。

令和の今でも長女は言う。「ひとりで、よう運転したねえ」「感心するわ!!」「いい思い出になった」と。

仕事も旅も　その二

大阪南森町に住んだ二〇年間。現役の間はずっとお得意先のある京阪神、奈良、姫路を走り回った。昼食は、駐車場のある吉野家で牛丼を掻きこみ、ローソンのおにぎりかマクドのドライブスルーで買ったハンバーガーをクルマの中で頬張る。おつきあいも接待も、月三回のゴルフはもちろんクルマ。

このころ年間走行は二万五千キロを超えていた。

子供が成人し、会社を退いてからは、もっぱら一人旅。ずいぶん遠出したものだ。信州、飛騨、備前備中、紀伊半島一周、瀬戸内海一周……。

クルマ捨て　我が断捨離は　九分終わり

令和四年の　睦月過ぎ行く

だいたい五、六年に一度買い替えてきて、私用車としては都合一〇台くらいに乗ったか、起業した会社の展開に連れて車も少しずつ大きくなっていった。

終わりの三年前までの五年間は《フーガ》、この度お別れしたのは《クラウン》であった。


ここに移ってすぐにコロナ禍……二年間ほど遠出は遠慮したが第五波と六波のスキマ……昨秋は、名残とばかりに「放浪の旅」なんて言いながら頻繁に出かけた。宿泊は遠慮、みんな日帰りである。神戸近郊から京都、奈良、和歌山、倉敷の大原美術館にまで足を延ばした。

そう言えば、クルマがあったからこその四六年間のゴルフ、これも自在に行けなくなったなぁ……。

韃靼海峡の、てふてふ

様々なシチュエーションにクルマが絡んでいた。家庭と仕事が織りなす人生の節々に、クルマが関わってきた。

そう考えると、あのとき、サラリーマンがクルマを持つことなんて夢だった時代に、悪いこととして自家用車を持つことがなかったら、ボクの人生、また一味違ったものになっていた、かも知れない。

韃靼《だったん》海峡の蝶々の羽根の一振りが、回りまわって台風になるという。その伝から言えば、いま老人ホームでこの文を書いている自分は、なかったかも知れない。

一三、老齢男子と妙齢女子

七年ぶりの邂逅

二〇二二年九月二十四日朝、年に一度の健康診断が終わって一息ついて、ふとスマホを見るとラインが入っている。

『仕事で新神戸にきてます!!　ご近所ですね』

「エッ!!　今どこ??　いつまでいるの??」

結局翌日、日曜日の一〇時に新神戸のホテルで会うことになった。

二〇一五年南回り世界一周クルーズで九七日間、数々のシーンを共に楽しんだ船友、である。IT関係の事業主、乗船客の平均年齢七十三歳の中で飛びぬけて若い、女性の一人参加であった。

埼玉生まれの今東京人と大阪生まれの今神戸人、縁もゆかりもなかった二人の人生の道が、これで二回交差することになった。七年の歳月を隔てた邂逅だ。

バニーちゃん

バニーちゃん（と、船では呼んでいた）はちっとも変わっていなかった。早口の関東弁はそのまんま、オーラというか雰囲気は、むしろ若返っていた。「神戸はめっちゃ秋ですねえ」「山と海が近くていいとこでしょう!!」「ロープウェイに乗りたい」という。ホテルのすぐ傍から出ている赤と黒の丸まっちいゴンドラに乗って〝布引ハーブ園〟へ。

高く蒼く澄んだ空、流れる絹雲とうろこ雲。

花に彩られた展望台から、メリケンパーク、ポートアイランド、大阪湾、関空と案内する。「湖みたい!!」「こちら側も対岸も全部見えるんですね」「東京湾とずいぶん違うでしょう」

〈アラエイト〉と〈アラフォー〉と

花の香りをまとって、アラエイトの男とアラフォーの女が初秋の丘を揺蕩《たゆた》う。ハーブティーを味わう。

彼女はずっとリモートワーク、仕事の場所を選ばない。夏には二ヵ月石垣島にいたという。「東京より石垣の方が涼しくて」「南の島で避暑とは洒落てるね」「岩本さんの家はどこ?」左手、摩耶の山裾を指さして「この山の向こう」……。

緩やかに時は過ぎる。清々しい、久方の至福のひととき。

帰りはロープウェイの中間《風の丘》まで歩いた、それはかなり急な下り坂。男性がハイヒールの女性をサポートする。翻って若人が老人を気遣う。何と粋《いき》で心地よいものか。

余韻を残して、地下鉄の改札口で手を振る。

「また来年……」

一四、動く老人ホーム

日本一周

二〇二二年一〇月中旬、お馴染み〈ぱしふぃっくびいなす〉で日本一周クルーズをしてきた。神戸発着―宮古―釧路―金沢―鳥取―八代を巡る一一日間の旅である。前回五月のときと違ってずっと天気にめぐまれて、北海道ですら暖かく快適な観光。いつに変わらぬクルーのおもてなしに加えて、船友との懐かしの対面、食事会。船の生活を心ゆくまで楽しんだ。

宮古……五階建ての下二階が鉄骨だけの建物がそのまま残されていた……一一年前の津波がリアルによみがえる。

釧路は飛行機クルマ船と過去何度も訪れているが、初めて湿原を歩いて広い大地を満喫した。初めて街を歩いて丘と港と橋の風景を愛でた。

昼の津軽海峡は深い緑、ところどころエメラルドグリーン。凪で、光の玉が無数にきらきらと海を流れていた。北海道と本州を右左に見る。♫ごらんあれが竜飛岬 北の外れと♫ ♫りんごぉのぉふるさとは♫ デッキでゆらゆらと心地よく微睡《まどろ》む。

白川郷はコスモスを前景にして昔と変わらず迎えてくれた。が、観光客が増えて外国人も多く〝日本の里〟風景の雰囲気がちょっと儚げに。

鳥取砂丘は十八歳で初めて行って、これで何回目になるか。歳にめげず?、今回も元気に天辺まで登ってきた。やっぱり景色が大きい。

修復途中の熊本城では、石垣がえぐれて上の黒い建物がかろうじて残っている、例のニュース画像の実物を間近に見て戦慄し、六年前の地震と、阪神大震災を思い出した。

本州の北の果て津軽海峡を通って五日後、九州の南の果て大隅海峡を通る。はるかに屋久島種子島を見晴るかす。手に取るような近間に開聞岳。飽かず眺める。

動く老人ホーム

このクルーズ、コロナ第七波などの時節柄からか乗客が少なく一五〇人、クルーとスタッフの方が多い、贅沢な旅になったものだ。

平均年齢が七十七・一歳と聞く。ひところに比べるとずいぶん上がったものだ。リピーターが多かったからだという。

で、ある人が「動く老人ホーム」と、宣《のたま》った。我が住処のホームのそれが八十二歳であることを思うと、言い得て妙ではないか。

スタッフ

先に「船旅と老人ホームは似ている」と書いたが、特別な旅と日常の暮らしの違いはあっても、船は暮らすように旅するというし、〝生活〟と〝潤い〟が似ているのだ。

殊にスタッフの手厚い接遇には両者相通じるものがある。双方、気遣いに溢れて優しくテキパキと働く。若々しい立ち居振る舞いが眩しい。

船のあるスタッフが別れ際に言った「次からは岩本さんではなく浩平さんと呼ばせていただきます」。そうなるとまた乗らなくてはならないではないか。無論その方に営業の意図はなく、永年の間に親しくなっての自然な発露。「それはうれしい!!」。次？が楽しみになってきた。

人生の船

帰ってきてからホームのフロントスタッフに《動く老人ホーム》の話をした。と、即座に「ここも人生の船」と返ってきた。そう、同じ船に乗り合わせた入居者とスタッフ、《フレンドリー》と《アットホーム》。

「これからもずっとよろしく」心に響くうれしい会話である。

忘れ物

船の部屋に忘れ物をした。スマホの充電器である。帰ってきて荷物の片づけが一段落した夜、気がついた。見るとスマホの電池は残り少ない。慌てて船の緊急連絡先に電話したのが午後一〇時、保安の方が出られて、「フロントは今閉まっていますので明朝連絡させます」。この時間でも通じるのが頼もしい。

朝、話が通じた。「確かにお預かりしています」「いま船はどこですか」「神戸を出て大阪天保山に向かっています」「一時間後に着いて午後五時、小笠原に向けて出港します」ぎりぎりセーフ!!　勝手知ったる大阪、「昼過ぎに取りに行きます」。

地下鉄南港の駅に十数年ぶりに降り立った。今日はもう乗客ではないから船には入れない、どこの港でもそうであったように波止場にゲートができていて、厳めしくガードマンが通せんぼしている。電話したら、フロントの馴染みのスタッフが小走りに駆けつけてくれる。「これですね!!」と笑顔で、丁寧に厚手のポリ袋に包んだものを差し出してくれた。こちらも笑顔で「お手数かけました」「イイエ、またお会いしたいです」「そうします、ありがとう!!」。無事もどってきた。

ホームの親しい入居者に失敗談をしたら「スタッフにもう一度会いたいからわざと忘れたんでしょう⁉」。

船の追っかけ

気づくのが一日遅れたら小笠原までは取りに行けない。海外へ行っていたらなおさらのこと。次に帰って来たときに送ってもらうか、次に乗るとき（いつ？）受け取るとしても、充電器は多分買っていただろう。

タレントの追っかけはしたことがない。春、桜を追っかけて北へ旅したことはある。しかし、〝船の追っかけ〟は初めてであった。

一五、ぱしふぃっくびいなすの終わり

お別れのニュース

〝動く老人ホーム〟の推敲をしていた二〇二二年一一月六日の昼、驚きのニュースが入ってきた。

《ぱしふぃっくびいなす》が運行を終えるという。年末一二月二七日から年始一月四日のニューイヤーがラストクルーズになるというのだ。

そしてこれを最後に経営母体の《日本クルーズ客船》も解散するという……あの多くのスタッフはどうなるのだろう。

船体は歳月を経てそろそろ新造の計画も聞けるかという時期で、コロナ禍の下どうするのかと気にかかっていた。そして奇しくも、この船のクルーズに思いを巡らせている時のニュースだったのでびっくりした。

今日は日曜日、明日会社に電話しよう。

ラグジュアリークルーズ

日本の《ラグジュアリークルーズ》と呼ばれる豪華客船は三隻ある。《にっぽん丸》と《飛鳥Ⅱ》と《ぱしふぃっくびいなす》。

前二船にはそれぞれ一回、九泊一〇日、日本一周の旅をした。

《ぱしふぃっくびいなす》は一五回三八〇泊になる。


会社を離れた六十七歳の春、初めての体験に魅せられて「サンマは目黒に限る」ならず「旅はクルーズに限る!!」となって以来一五年、私の終活を彩る大いなる楽しみになった。その間の物語は『噂の豪華客船—そこには何があったのか』に詳しい。

その中心にいたのが《ぱしふぃっくびいなす》で、終焉のニュースに思わず懐古にふけった。

北回り・南回り、二回の世界一周と南極、四回の日本一周、太平洋周遊、九州一周、小笠原、日向・宮島、利尻・礼文、屋久・奄美・種子島、カムチャツカ、別府・宮崎、瀬戸内八景。みんな鮮明に甦る。走馬灯のように頭を駆け巡る。

船友との交遊

船友になったあの人この人と、手紙やメール、クリスマスカードや年賀状のやり取りが今も続く。バレンタインデーとホワイトデーの交歓も。

「世界のどこかで会いましょう」と交わした言葉は、その後のクルーズで顔を合わせて約束を果たした方も。

ときに陸《オカ》で会って遊び、また遠く船友の地に行って名所を案内してもらったものだ。

この秋、神戸で会ったバニーちゃんもその一人である。

《ぱしふぃっくびいなす》を触媒にして、人生の輪が広がった。

クルー・スタッフとの交流

クルー、スタッフとは、船で寄港地で、ずいぶん遊んでもらった。〝フレンドシップ〟の名の通り、船長はじめ皆さんとホントに友達になって、名前も覚え覚えられ、一一階のラウンジに夜な夜な一杯酌み交わしに行ったものだ。

梅田にある《日本クルーズ客船》本社にも、下船中のクルーや地上スタッフに会いに、用があってもなくても、たびたび行った。


その本社に電話して様子を聞いた。「クルーとスタッフはどうされるの？」……希望者は親会社の〝新日本海フェリー〟に入れるという。少し安心した。しかし外国人スタッフは分からない。

レストランや客室の、あの陽気なフィィリピーナはどうするのだろう。

今年、クルーズが再開されてから姿を見なかったウクライナ娘たちはどうしているのだろう。

もう会えないと思うと、余計心にかかる。

ニューイヤークルーズには、発売のあった九月にとりあえず予約は入れてあったが、私もラグジュアリーは「これをもってラストクルーズにしようか……」との思いから、参加を確定した。

結局《ぱしふぃっくびいなす》は、一六回三八八泊で終わることになった。

第二章　令和つれづれ

一、人の不思議な一方通行

嫌いの交互通行

〝好き〟に一方通行はあるが〝嫌い〟はどうやら交互通行であるようだ。〝片思い〟という言葉は使うが〝片嫌い〟という言い方はしないように思う。

ラブレターはあっても嫌いレターは……イヤある、絶縁状というのがあった。しかし絶縁状を書くまでもなく〝嫌いの感情〟は、相手にはとっくに伝わっているだろう。

物理学で〝作用反作用の法則〟というのがある。押すと押し返され、引っ張ると引っ張り返される、この作用に時間差はなく同時に起こる、というものであったか。

嫌いという感情は不思議なもので、この物理学の法則に忠実に則っているように思う。自分が思った瞬間、そのエネルギーが相手にも伝わっている。

「アイツ気に入らんなぁ」と思ったら、そのとき既にアイツにも嫌われている。そして一旦そうなったら、ずっと続くような気がする。何か画期的な出来事でもない限り（変わらないのではないか）。

人間社会の法則みたいなのがあるのだろうか。これは覚えておいた方がよさそうだ。

好きの一方通行

〝好き〟にこの法則は当てはまらない。好きになったら相手も好いてくれる、とは限らない。世の中、この一方通行が多いのではないか。

好きの気持ちが伝わるには相当な時間、イヤ、期間がかかる。言葉や手紙やメールで告白しないと、一生伝わらないこともあろうか。

一方通行のままでいく愛とか恋は♫影を慕いて♫　ではないが、大変辛いものがある。

しかも、めでたく両方通行になっても厄介なことに、しょっちゅうメンテナンスしなければならない。口に出して態度に示して、ずっと確認し続けなければ、もたない……のではないか。

〝好き〟は、マメでなければできない、モノグサにはできない。
〝嫌い〟と違って曖昧で、ずいぶん危うい意思の疎通だ。

二、男と女

男と女の間

♫男と女の間には暗くて深い川がある♫　お馴染み〝黒の舟歌〟である。♫誰も渡れぬ川なれど♫エンヤコラ今夜も舟を出す♫　と続く。

♫二人して夜に漕ぎ出すけれど♫誰も愛の国を見たことがない♫　〝桃色吐息〟という実にストレートで艶やかな唄にも、こんなに醒めた哲学的なフレーズがある。

渡辺淳一を持ち出さずとも、ややこしく奇妙で理屈に合わないのが、男と女の間柄なのだろうか。

それはそれとして、男女の違いと関係をごく自然に理解すれば「男と女は異なる種、それぞれの役割を尊び助け合って生きていくように」と、神さまが形而上形而下を織り交ぜて造り賜うたのであろう。

昨今の〝唯物論的男女平等〟とは似て非なるもの……なぁんて呟いている自分を観る。

老人ホームに入って頭が暇になったのか、こんなたわいのないことを考えるようになった。

浮気心

♫ああ諦めよ諦めよ♫男はみんな浮気者♫　と歌われるが、これってちょっと変な感じを持つのは私だけだろうか。

浮気は一人ではできない。必ず相手がいる。その相手は女性。ならば〝浮気は男女合作〟なのではないだろうか。

♫男はみんな女好き♫女が来るのを待っている♫だけど私たちは男嫌い♫　と続くTVドラマの主題歌もあった。「かもねえ⁉」をはやらせた岸田今日子をはじめ芸達者な女優陣に加えて、坂本九が出ていたと記憶しているので、昭和六〇年より前のものであろう。

男嫌いをここまで強調されると、この女性は〝L〟か、なぁんて、思っただけでも倍返しで怒られそうだが、ノーマルに受け取れば、女も男に惹かれていることの裏返しの唄であるに違いない。

ちょっと待った。今〝ノーマル〟という言葉を使った。これは禁句ではないのか。〝アブノーマル〟が差別用語であるようだから「文中不穏当な言葉がありました」と、ここはお詫びして訂正しなくてはなるまい。

女心と秋の空

日本では「女心と秋の空」という。

このホームの屋上で、うらうらとした小春日和の下グラウンドゴルフに興じている時、一転にわかにかき曇り、冷たい風も吹きつけてきたのでその言葉を口にしたら、ご婦人方から即座に「男心と秋の空」と返ってきた。

二〇〇九年世界一周クルーズで現地で聞いた話、オランダでは「女心とオランダの空」という。北海から四六時中強風が吹きつけて、天気がころころ変わるらしい。

♫風の中の羽根のように♫変わりやすい女心♫　オペラ《リゴレット》にはそんな一節もある。


女心が変わりやすければ男心も変わりやすい。浮気心も両性にあるらしい。これは人類普遍の資質なのかも知れない。

♫五番街のマリーへ♫

この歌、今でも懐かしんで想いを込めて口ずさむ、カラオケに行けばみんなの前で情感たっぷりに歌い上げる。四〇代半ばの親密な五年間、十五離れていたあの娘を、三十有余年経った今も気遣っている自分を観る。恋というもの、結末は悲しい別れというのが定番なのであろうか。

とか美化して思いながら、ひょっとして彼女は結婚して子供の三人もいて楽しく幸せに暮らし、ボクのことなど過去の擦り傷の一つ、今は跡形もなく思い出してもいないかも知れない。イヤ、きっとそうだ。

その昔「男は度胸女は愛嬌」と言ったがこれは今や死語になっているかも。実際のところ男女の関係から言えば「男はロマンチスト、女はリアリスト」といった方が当たっているだろうと思うことがいっぱいある。

男というのはいくつになってもお人好し、未練。女というのは次の生活が始まると即すぐに切り替わる。男の性と女の性はそれほど違うのだ。というようなことが少しずつ分かってきた今もなお、思い入れたっぷりに吟唱する。

夫婦が安定したとき

「釣った魚にエサはいらない」「女房と女性は違う」なぁんて亭主はうそぶく。「ステキな人だったけど、亭主になった途端、ときめきがなくなった」と女房は宣う。イヤハヤ男女というのは二人の関係が安定すると、これは結婚に限らず恋愛であっ

ても固く結ばれたら途端に別の異性を求める⁉　これって神様は何を思ってそんな厄介な風に創造されたのでしょうねえ⁉

イヤちょっと待った‼　こんなのは斜に構えた男の戯れ言。わざと敢えて、自分の生きざまに添う言葉の端々を拾い集めただけではないのか。世の中、普通の夫婦はそんなもんじゃない。年老いても恋の感情を持ち続け、充分仲良く暮らしていらっしゃるご夫婦がいっぱいいらっしゃる。と付け加えておかないと、傍々から礫《つぶて》がとんでくるかも知れないので言い訳しておきます。口には出しません。

このホームでも一組や二組ではないご夫婦が、レストランで昨日も今日も、楽しそうに目を合わせてお話ししていらっしゃる。

「ずっと家に一緒にいて、その上何をそんなに話することがあるのだろう？」と、バツ二の男が訝しむ。これは多分異端児のないものねだり、羨望なのでしょう。

男や女やでなく、あんな風に歳をとりたい

秋の夕べ、レストランで、ホンに若いスタッフとの会話。

「これから人生を切り拓いていく○○さん」「そうですねえ、頑張ります」

「そろそろ店じまいにかかっているボク」「そんな、まだ早いですよ!!」

近くの席でいつも労わり合って食事していらっしゃる、心温まる二組のご夫婦に顔を向けて。

「あんな風に歳をとりたいねえ」

「ハイ!!　人生のお手本がいっぱいいらっしゃいます」

三、幸せ感

幸か不幸か

人は自分を幸せと思うか不幸せと思うか、それは優れて、個人の感情というか感性に負うところが大きいのではないだろうか。

貧しい暮らしの中でも心豊かに幸せいっぱいの人がいる。大金持ちにも、不幸せ感に苛まれている人がいる。貧富は、幸せ不幸せ感のホンの一部だけのファクターではないか。

〝幸か不幸か〟それは家族にも、ましてや他人には覗き得ない心の中にしまわれているのだろう。とは言え、暮らしの元気さや表情に、本人が意識するとしないとに拘わらずそれが滲み出てくるものでもあるらしい。

「幸せだなあ」と口に出したとき、家族みんなが幸せになる。

文明と幸せ感

昔、と言っても近世まで、アフリカや太平洋の島々、暑い国の人たちは裸で暮らしていたという。裸と言っても衣食住の衣は少ないながらもちゃんとあって、普段着があり、晴れ着があり、儀式の衣装があり、そして受け継がれた独特の文化があって文明もあって、人は幸せに暮らしていたであろうと思う。勿論そこには身分があり貧富があり、必ずしも平等ではなかった部分もあったであろうことは想像に難くないが。

そこに西洋文明がキリストさんを先頭にして出張ってくる。裸の生活をひと目見て、この人たちは遅れた野蛮な人、不幸せな人と自分たちの価値観で決めつけて、次々と自分たちの服を着せていった。

これには先ず商売があり、そして植民地化、資源の収奪という目論見があってのことと、専らそう言われているが。

日本のある商社員がアフリカに商売の調査に行って、「ここはみんな裸足で歩いている」「だから履物は売れない」。別の商社員は「だから履物は売れる!! 絶好の市場だ」と電報を打った。ビジネスの勉強会でよく聞かされた話である。

そして今、この暑い国の人たちはことごとく西洋文明に組み込まれて、洋服を着てクツを履いて歩いているが、その人たちにとってこれはホントに幸せなことだったのだろうか？　と、南太平洋やアフリカ（と言ってもホンの一部しか行っていないが）の現地に立って、今でも思うことである。

国別幸せ度

年に一度くらいの頻度で〝国別幸せ度〟というのが発表されメディアを賑わせる。ブータンという、私も好きで一度は行ってみたいと思っている国が、近ごろずっとトップにあるようだ。

元々好感を持っている国なので好ましいニュースとにこやかに受け入れているのだが、そこに何となく違和感が漂うことも事実である。

自分の今の生活、これを幸せと思うか不幸せととるか、これはなかなか一筋縄ではいかない。それは、千差万別である個人の価値観に負うところが大きい、というのは先に書いた。そのときのシチュエーションにもよる。

国全体で人々の幸せ感を育む、というのはどんな政治なのだろう？

優れた制度があるのだろうか。

他国に住んだことのない、その国にだけ住んでいる人に、何人の人に、どんな選別をして、どんな質問をしたのか知らないが、幸せ感を、アンケートをとってデータにするものではあるまいと思ってしまう。まして国の豊潤のバロメーターにして比較するのもどうなのだろう。

だからと言って私の心の中で、大好きなブータンという国の価値が落ちることは全くないが。

日本はだいたい下位にランクされているようだ。この物質的には世界有数の豊かな国が、さも不幸に満ちているように思わせるものがある。

まあ、物質的豊かさと精神的豊かさは両立しにくいと言われてはいるが、自虐史観に囚われている人や自称リベラルの人には、舌なめずりするようなニュースであろうなあ、と、つい思ってしまう。

アンケート・世論調査

組織やコミュニティでのアンケート、しょっちゅう発表される世論調査。これらは場の雰囲気と設問の仕方によって結果は大きく変わってくる。だから私はいつも話半分にして聞いている。

四、平等

平等院

京都宇治に平等院という、十円玉にも彫り込まれているお寺がある。

名前の由来は、人は誰でも自らが求めて仏に念ずれば、万人平等に極楽浄土に行ける、というものらしい。

生まれや地位や貧富には一切かかわりのない「機会平等」ということになろうか。

この世の平等

そもそも人は生まれながらにして平等ではないのではないか。生まれてくる子は親を選べないし家庭の貧富を選べない。その環境によって大人になっていく過程で、小さな努力で済む者と普通で済む者と多大な努力を強いられる者とがいることは自明の理である。とは言え、生まれる環境まで平等にすることは、今の人類の叡智ではできない相談でありましょうねえ、ご同輩。

いま一つ、結果平等というのも難しい。志をたてて血の滲む努力を重ねて今の境遇をつくりあげた者と、まあまあに生きてきた者と、遊び倒して今がある者と、これを均等に処遇するとなると、これは既に平等というか公正ではなくなるし、悪平等とさえ言えるのではありませんか、ご同輩。何より結果平等は、進歩の源である向上心を妨げることにもなりましょうねえ。

人権の平等

平和平和と唱えて平和が保たれるのではないように、この世、現実の世界は、平等平等と唱えてそれが得られるものではないように思う。

イヤ既に〝人権〟という意味においては、わが国ではほぼ達成されているのではないだろうか。それは今や誰にでも平等にあるし、法の下に平等であることは間違いなく実践されている、と申しても差し支えない所まで来ているのではなかろうか。これは世界の中でも数少ない国柄であろう。そうであれば現状をあんまり変えたくないとも思うのだが。

ときに我がままと思われるほどの権利の行き過ぎ、義務を忘れた権利の追求が日常の如くに行われている今の時代、何を変えたくて平等と叫んでいるのだろう。ひょっとすると権利よりも銭金《ぜにかね》を得たいのだろうか。

機会均等と福祉

人間社会、平等は「基本の基」であることは言うまでもないが、同時に〝公正〟ということも忘れてはならない。

そんな中で穏当にできるのは「機会均等」であるように思う。社会の理《ことわり》も営みも施策も、須《すべから》くこれに添って考えるのが、いちばん現実的なのではなかろうか。

昨今たまさか「自助が先か公助が先か」なんて議論が為されるのを見受けるが、何ほどかの虚しさを感じるのは私だけだろうか。

国民と会社と国と、手を携えて自助努力を醸成する、国民は自律自立の気持ちをつくり、会社は制度をつくり国は施策をつくる。このことの方が大切なのでは……と思ってしまう。かの福沢諭吉も言った「一身独立して国独立す」と。

とは言えどんなにしても、貧富の差はどうしても生じる。その時の出番こそが「福祉」である。政治にできることは、「機会均等」と「福祉」を法整備することと予算をつけること。その背景に国の力、財政の裏付けが必要であることは言うまでもない。

いまは両者共相当のことが為されているように思う。機会均等では、待機児童の解消や、遂次改定されている奨学金制度があり、教科書の無償化があり、大学までの教育無償化なども検討されている。福祉では世界に冠たる社会保険制度が長年行われているし、生活保護制度もある。

まだまだ不出来で不十分で、世代間の負担・受益の凸凹もあり、財政難もある。

〝ヤングケアラー〟のような手つかずの問題も出てきた。

ここは、政局がらみでなく選挙対策でなくイデオロギーでなく、国と国民の一段の努力と工夫が求められるところであろう。

男女平等

少し前、男女の〝特徴〟を〝役目〟と言って、どこかの誰かが大変叩かれたことがあった。

とは言え、男女それぞれに特徴があることは否めない。差別ではなく性に寄せる区別と尊重、これは人類の尊厳にもつながるくらいの大切な真理であろう。それぞれに適した社会活動の一面があることも忘れてはなるまい。こういうことを言うと、またどこからか石の礫が飛んできそうで危ない危ない。


男女平等の制度や法律は、これで完成と言えないまでも先人の努力によって相当に整備されてきている。今や平等は当たり前、自明の理で、ことさら主張し議論するものでもない時期に……これからは個々人の潜在顕在意識にかかってきているのではないかと思う。

戦後七七年、「男女」については急激に変化してきた。今ひょっとすると両性平等の仕上げの時期にさしかかっているのかも知れない。

今でも男らしい女らしいと言う。イヤひょっとしてもう言わないか？　私の世代は「男の子やろ、泣いたらあかん」「女の子は女の子らしく」と言い聞かされて育ってきた。差別と思ったことはなく、至極自然な成り行きというか道徳ですらあった。むしろ男であることにしんどい思いもしたが潔く受け入れて、それは八十路を迎えた今も「毅然としなければ」とか、「男は強くなければ生きていけない」「優しくなければ生きる価値がない」なぁんて、「女性に対するホントの優しさ」とかに囚われて、普段真面目に考える習慣になっている。これまでも差別だと言われたら、ボクちゃん立つ瀬がない。そうですよねえ、ご同輩。

もう一つ、戦後〝レディーファースト〟はずいぶん浸透してきた。が、例えばエレベーターに乗るときに、若い女性がお年寄りの男性にそれを指摘するのには閉口する。

という具合に、生きてきた時代が違う幾世代もの人がずっと一緒に暮らしているのであれば、急がず騒がず、〝感性〟も〝情緒〟も範疇に入れて〝ええとこどり《良いとこ取り》〟しながら、ゆったりと進めていくのがよろしいのではないか……。

万人が男女平等の心を普遍にするには時間がかかる、ひょっとすると世代交代を経てようやく顕現するものなのかも知れない。

　制度は引き続き整備していくことは言うまでもないが、他人を、政府を、派手に攻撃するのでなく、静かにずっと根気よく、お互いに啓蒙していくことの方が肝要なのではなかろうか。

不平等の残滓

　むしろ今、男尊女卑だ不平等だと決めつけて声高に仰るお人の心の中に、不平等が、制度であった時代の残滓があるのではないか、とさえ思ってしまう。

　正義の味方のように金科玉条のように、公に向かって声高に叫ぶときは過ぎたのではないか。こんなことを言うと声高の方から「生ぬるい!!」「お前は今のままでいいというのか」と、キツーイお叱りが飛んでくるかも知れないので恐い怖い!!　その内「男も子供を生め!!」なぁんて言われはしないかと、内心ビクビクしている。

職業の男女平等

昔、と言っても平成に入ってからであるが二〇年ほど、中小企業の社長が集う経営勉強会に参加していた。大阪でも二千人以上が入るなかなかの盛会で《中小企業家同友会》という。共同求人委員会や社員教育委員会などもあり、私も委員長を務めたことがある。

その中に女性部というのがあって、文字通り女性社長ばかりで勉強会をしていた。ある日の部会のある結論を聞いた。

「社長の勉強会で、この〝女性部〟がなくなったときが〝職業の男女平等〟がホントに実現したときなのですねえ」

ときに、国会議員の男女比とか会社役員やリーダーの男女比とかが発表される。その数字を見て「それみたことか!! 日本は世界の中で男女平等が遅れているのは明白だ」と大騒ぎする。「誰のせいだ?」と犯人探しに躍起になって、人を攻撃し貶める。ときにド派手に発言しメディアに開陳する姿を見ていると、問題解決のためでなく、自分を売り込むためにしているようにも映ってしまう。

職業の過去の常識「これは男の仕事」「これは女の仕事」というのが、七〇余年前、男性がみんな戦争に取られてしまって女性が多様な職域を守って立派に仕遂げていた、という近年の歴史をもってしても覆らなかった……過去の常識が今も残る。なかなか厄介なものだ。

今や性にかかわらず職業の選択が、制度としても実態としても自由なのは言うまでもない。しかし結果として男女比率がいびつになっていることも現実だ。これは女だ男だという前に、個々人の意識やＥＱによるところも大きいのではあるまいか。

職業の数字としての男女均等は一筋縄ではいかない。これも世代交代を経るほどの期間が要るのではないかと思う。

杓子定規

二〇年ほど前になるか、会社で経理担当を募集したとき、ウチは技術会社で外回りで男性社員が多く、もっともその時点では既に女性技術者も採用して活躍していたが、現実の男女の比率からして、経理には女性を、とごく普通に思っていた。

でハローワークにその旨申告すると、にべもなく突き返された。「規定に反します」と。「男性に限るのではなく女性に限るのです」「女性の就労を促進するための施策でしょう」と粘ったがNGであった。

結局男性から応募があっても面接しない、面接しても採用しないという、応募者には失礼で理不尽な、社会的にも無駄なことと承知しながら求人票を出した。

夫婦別姓

これも「男女平等」の使嗾《しそう》から出てきたものか。

姓は、アイデンティティの一つであることは間違いない。そして家庭は社会の最小単位の一つであることも。

その家庭に、妻と夫、子供が、姓が異なることは私には考えられない。

今や本人さえ希望すれば、元の姓で社会活動することには何の支障もない。夫婦別姓を以って殊更に、社会で活躍できる機会が増えるとは私には思えないが。

ＬＧＢＴ

これも〝平等使嗾〟から出てきたものか。

いま、どんな性的特性をもっていても法の下に平等、社会活動にも平等ということに揺るぎはない。

職業には〝おかまバー〟というのもあって私も行ったことがあるが結構繁昌している。巷では男どうし女どうしの〝恋人〟が堂々と手を繋いで歩く。それを、マイノリティは人権侵害されている、保護せよ、同性婚を認めろ、という具合に迫ってくる。

と言うとまた怒られそうだが、法律や条例でわざわざ認めさせなくても、自分たちが幸せ感を持って暮らせればいいのではないか。幸せは法律に守ってもらうものなのかと思ってしまう。世間では排斥されることもなく認められているのに、わざわざ法律にして届けを出して公にする必要があるのか、疑問が湧いてくる。

ただ同性婚については、社会保険における扶養家族の制度などは見直す余地もあると思うが、財産相続などは公証遺言書で済むのではないか。まあこれは〝遺留分〟というところは調整を要するかも知れない。

人権侵害だ憲法違反だと訴える前に、一つひとつ具体的にこのような施策を積み上げていくことの方が、当事者にはより大切なことなのではなかろうか。

ＬＧＢＴには噂や偏見はあるであろう。しかし人の好奇心や噂の類まで法律で禁止することができるのであろうか。「ＬＢＧＴの権利」をことさら声高に唱える方を見ていると、何かこう政局がらみで時の政府を攻撃するネタにしている、自分の政治的存在を認めさせる、というようなためにする行為ではないかと思ってしまうのは私だけだろうか。

或いは正義だと信じてやっていらっしゃるのだろうか。そうだとすると、これはもっと厄介であるかも知れない。

性自認で男性から女性になった人が、女子トイレに入って物議を醸している、スポーツで女性の競技に出場して話題になり問題になっている。

これって、その逆、女性から男性になった人が、男子トイレに入った、男性の競技に出た、というのは寡聞にして知らない。知らないのは私だけだろうか。

社会の潤い

平等、それは人の営みと躍動には欠くべからざる大切なファクター。

それを叩き込んだ上で、それは、声高に叫び人を攻撃して成るものだろうか⁇という疑問を感じている。

ニュースやネットで見聞きする、品性を疑うほどの罵倒の飛び交いが、寧ろ世の中をギスギスしたものにしているのではなかろうか。社会の分断を促しているのではなかろうか。全国に中継される国会論戦も例外ではなく、むしろ社会の潤いを阻害しているように思えてならない。

＊　　＊　　＊

兼好さんは月で私はスッポン、比べるべくもない。でもちょっと真似をして世間を皮肉ってみたかった。

が悲しいかな、諧謔に乏しく洒落のめすことにもならず、大変堅い長い文章になってしまった。

所詮、市井に埋もれた凡人の繰り言と、お聞き流しくださいませ。

五、魔女狩り

差別用語

いま盛んに［男女］［身体の自由不自由］［多様な性］［少数者］等に発する権利と平等が論じられている。

そしてそれを犯す差別用語とされるものがたくさんある。その〝一覧表〟があるのかないのか、不勉強の私には分からない。

いま不注意でもウッカリでもそれを使うと「差別主義者!!」「権利侵害!!」「多様性を知れ!!」「マイノリティを尊重せよ!!」などと、いっぱいお小言を喰らう。お小言だけならまだしも社会的に糾弾、延《ひ》いては抹殺される著名人もいらっしゃる。弁護士もつかない人民裁判みたいで、まるで〝魔女狩り〟のようだ。

覆水盆に返らず……一度口に出した言葉は取り消すことができない……恐い怖い。神経を使って気をつけよう。

言葉狩り

日常の話し言葉はもちろん、文章も禁句がやたら多くなってきた。

考え考えする作文はともかく、会話が窮屈になって話が難しくなり、真意が伝わりにくくなっているように思うこともある。

殊に語彙が乏しいいわゆる〝ボキャ貧〟の私は、いつも注意しながら言葉を選び選び口に出すようになって、会話に行き詰まることもある。

まあもっとも、〈セクハラ〉についてはずいぶん以前から言われているので使わないよう気張って身に着いてきたようだが、身体の不自由に関わる言葉は今でも戸惑うことが多い。自分が当該者（聴覚障害）であるのに。イヤ、だからだからか。

そういえば〝ボキャ貧〟も差別用語かも知れない。自分にではなく人さまに言ったら……「パワハラ!!」と言われかねない。

言い換え言葉

差別とされる言葉の言い換えに違和感をもつ。

障害者を障碍者と直すのはまだ分かる。それを障がい者と平仮名に換えてどんな意味があるのだろうか。そして「〇〇障がい者」を「〇〇の不自由な人」と言うように教えられる。何だか上っ面だけを繕っている、言葉をただ操っているだけで、実《じつ》がこもっていないように思う。

言い換え言葉には工夫がない、安直だと思うのは私だけだろうか。正義を標榜するにしては誠意がない。

看護婦と看護師

看護婦を看護師と言い換えるのはもっともなことと思う反面、私には心情的なひっかかりがどうしても残る。

数多ある通院入院で、心身ともに細やかに行き届いた看護をしてくれた看護婦さんの優しい笑顔が忘れられない。というような個人の心情でものを言うと、これまた差別やセクハラやと返ってきそうで怖いが。

看護とは言え、女性が男性に身体を触られるのにはやはり抵抗があろうし、男性が看病されるのも、むくつけき男性より優しい女性の手の方が好ましいであろう。このもの言いは既にルール違反であるか。

もっともこの職業に男女の適否差はないし、力仕事もあって男性に適した面もある(これも差別と言われはせぬか?)から、男性の看護師を決して否定するものではないが、男女の特徴の違いは否定しないようにお願いしたいと思う。

以前関電病院で耳の手術を受けたとき、初めて男性の看護師さんにお世話になって、ずいぶん頼もしく感じたものだ。「ウン!! なるほど!!」。

男性の看護師さんには「看護士さん」と呼びかける。

女性の看護師さんには「看護婦さん」の方が、私には真情がこもる。ここは看護婦を禁止語にしないで、残しておいてほしいと思うのだが如何なものか。

まあその内、看護師さんもドクターのように専門が分化されていって、オンナだオトコだということ自体、無意味になるかも知れない。

六、ダイバーシティ

多様性と進歩

神様は、人間一人ひとりに個性があるようにつくってくれた。身体的特徴、頭脳的特徴、精神的特徴。そこから違う考えや発想が、それこそ何万何億と出てきたからこそ、人類はここまで生き延びてきた、進歩してきたのだと思う。もし等質、平等につくられてきたとしたら、とっくに滅んでいるのではないかと思う。

多様性、それは人間社会が活きる原点であろう。

ところが人間社会が大きくなるにつれてか、組織がつくられるようになってからか、主に精神的に社会まるごと組織まるごと等質化し、それを構成する人が金太郎飴のようになってきて、進歩が滞りいろいろな弊害も出てきたように思う。

今に限らずいつの時代も、多様性が求められる由縁であろう。

コロナ下の多様性

折からコロナ禍、世間は未知の見えないミクロの世界との戦いの中で、普遍的な共通項というか基準が見出せず、この国では世の中全部、人それぞれ依って立つ足場の上で右往左往しているように見える。

そこに、あらためて〝多様性〟を見るのは皮肉なことか。

ダイバーシティ

ダイバーシティというのは、元々無線の技術用語であったように記憶している。ワイヤレスマイクでどこに立っても安定通信できるように、受信アンテナを少し場所を離して二本立てて、どの方向から電波が来ても、どちらか調子のいい方を選んで拾えるようにする。私の現役のころに取り入れられた手法で、ワイヤレスが格段に進歩し安定した。

それが令和になって突然、首都圏の某知事から社会用語として出てきたのにはビックリしたものだ。今も盛んに喧伝されているが、これって多様性を横文字で言っただけではないか。

もっとも知らなかったのは私だけで、「ダイバーシティ」は元から社会用語であったのか。

多様性を唱える

今や猫も杓子も、唱えるだけでご利益《りやく》があるように「多様性」「ダイバーシティ」と繰り返す。しかし、金科玉条のように「それ」を唱えるだけでは何の役にも立たないのではないか。言葉をただただ主張するだけの、パクパク口を開け閉めしている人の何と多いことか。

多様性の実践

多様性を言うなら、先ずは多様な人の話を聞く。そうして自分の発想、特有の考えを見出すことから始まって、理論づけて、それを人さまに分かってもらう努力、賛同してもらえる説得力、仲間をつくる粘り強い意志力を以て世間に広めていく。そこまでして初めて多様性の実践になるのだと思う。

そういう方の、一人でも多からんことを願う。

自分ももちろん埒外に置けない。

七、諸行無常

沙羅双樹の花の色

二年半前までの二〇年間大阪のど真ん中、天神橋三丁目に住んでいた。ここは昔の寺町で、寺院と墓地の跡地が公園になりマンションが引きも切らず建っているのだが、今も現役のお寺さんは多く、ビルに囲まれたお墓も垣間見られる。

そんな場所柄か日常の用足しや散歩道に、お寺さんの白壁の向こうに見越しの沙羅双樹が植わっているのが見える。

白い、椿に似た花を見て「ああ、これがそうなんだ」と、通りすがるたびに〝平家物語〟の冒頭を思い出し、歩きながら誦唱したものだ。

……祇園精舎……諸行無常……盛者必衰……。

いろは歌

　これは弘法大師の作だと思っていたが、この文を書くとき念のため調べてみたら、文献に載った時代がもっと前のことと分かったので、今では作者不詳となっているそうだ。
　いろは歌にはこんな意味があるという。

色は匂えど　散りぬるを　↓　諸行は無常なり
我が世誰ぞ　常ならむ　↓　是れ生滅の法なり
有為の奥山　今日越えて　↓　生滅へのとらわれを滅しおわりぬ
浅き夢見じ　酔いもせず　↓　寂滅をもって楽となす

咲き誇る花も、いつかは必ず散る
この世に生きる私たちは皆同じ
有為の奥山（現世への囚われ）を今乗り越えて

仏の国に入るが如く、心平らかな心境に至る

このホームのレストランに毎夜「いろはにほへとちりぬるを」の十二文字が顕れる。デザート用の白磁の小皿に流麗な文字が染め付けられているのである。

食事しながら、四十七文字が示唆するところを飽きもせず想い考えるのだが滅法難しい。今もまだ寂滅の境地にはほど遠く〝仏の国に入るが如く〟の悟りには至らない。

それはそれとして、こんな短歌があった。

悟りとは　悟らで悟る悟りなり　悟る悟りは嘘の悟りぞ
―良寛禅師―（詠み人知らずとの説もある）

私の座右の銘である。凡人は「悟った」と思った瞬間に悟りを失う。傲慢になり向上心をどこかに置き忘れる。

「自分はいつまでたっても未熟者」と思うことが肝要で、これを「積極的謙虚という」なぁんて自分に言い聞かせ、社員教育にも使ったものだ。

まあしかし、悟りにはほど遠い己の言い訳にしていることも否めない。

悟りの人　仏陀

お釈迦様が六年間の過酷な難行苦行の末に菩提樹の下で瞑想をしているとき、一瞬にして、天地の成り立ちから人間の生き様に至る道理に悟りを開かれた。

そしてそれを自覚したとき、あまりにも広く深いことに「これを人に如何にして伝えたらいいのか」と新たに大いなる迷いを持たれる。

それから様々な工夫を加え、比喩（たとえ話）を随所に取り入れて四五年間、入滅に至るまで説法の旅を続けられたという。

如是我聞

お釈迦様の説法は、生前は文書に残されていなかった。全て口伝であるという。

お釈迦様と同じ時代に生きて説法を実際に聴聞した方は数限りなく多い。その中に悟りに至った直弟子が五百人いらっしゃった。よく聞く「五百羅漢」さんがそうである。

お釈迦様の入滅後に羅漢さんが三々五々集まり、何年にも亘って熱心に「私はこのように聞いた」と持ち寄って集大成したのが、五千巻とも言われる『お経』である。二五〇〇年後の今に生きる私たちが、教えを受けることができる由縁である。多くのお経は、巻頭に「如是我聞《にょぜがもん》」（私はこのように聞いた）と書かれている。

八、失業の恐怖

失業の宣告

令和三年八月一一日の未明、失業を宣告された。サラリーマンで会社をクビになったのだか、社長でいて仕事を打ち切られたとか、指名から外されたとか……。

会議室みたいなところにスーツ姿の影法師が何人も立っている。顔は分からないが、かなりしっかりした映像である。

仕事と生活が崩れる恐怖が全身を覆った。「これからどうしよう？」。

真夏の朝の夢

イヤ先ずはこの人たちに頭を下げて、それからあらゆるコネを使って復活しなければ!!　と真剣に考える。

考えながら「アレッ、これちょっと変だぞ⁉」と夢の中で疑い始めた。しばらく現《うつつ》との間をさまよう。それでも、対策をずっと一所懸命考え続けていた。

どれほどそうしていたか、そのうち映像がもやもやと揺れて少しずつ遠ざかっていく……見慣れた寝室の天井がうっすらと目に映ってきた。

意識して目をこじ開けるとそこに、アレコレ算段して入った老人ホームに住まう自分を〝発見〟した。現に戻ってきたのだ。

しかし安堵感は、すぐには戻ってこなかった。

いつのときのことだろう?

考えてみると自分は失業したことがない。ずいぶん危ない橋を渡ってもきたが、失業に直面した経験はない。

　失業保険はもらったことはある、キッチリ半年間。でもそれはサラリーマンから社長に名前が変わる隙間のときで、間を置かず事業も始めており、失業の実感はなかった。

　会社を始めたころ、奮闘して思わぬ利益が上がってもこれは一時的なもの、〝累卵《るいらん》の危機〟は続いているのだとよく言い聞かせたものだったが、それが夢に出たのかも知れない。

　後年、会社展開の途上で起こった数々のアクシデントや事件に悪戦苦闘した、そのときの残滓かも知れない。

　会社三〇年の中で唯一赤字決算をしたあのときのことか。

　イヤ、ひょっとすると前世でキツーイ失業をしていたのかも⁇

正夢

今まで実に様々な夢を見てきた。どちらかといえば悪夢が多く、最近もよく魘《うな》される。

「現実に経験したピンチをリアルに映す夢」「閉所恐怖症の夢」「金縛りの夢」……「自分はこんなにも悪いことをしてきたのかなあ」と疑《うたぐ》ることもままある。

が、起きてからこんなに心配が続いた夢は珍しい。

正夢⁉　んなことはない。それにつけても、何故いま？　何故今朝？

失業とはこんなに怖いものだったのだと、すっかり仕事をしなくなった今にして思う。

九、事業と人生の師匠

めぐり合い

会社の顧問税理士として三〇年、会社承継してからも一五年、ずっと私の師匠である。それはS先生。

ことさら説諭なさるわけではないが、仕事のやりとりや四方山《よもやま》話の中で教えを受け続けている。おつきあいが永くなり深くなるうちに、文字通り〝公私共〟になっていった。

大阪梅田から地下鉄で一駅の南森町から歩いて五分、天神さん（大阪天満宮）の正門のまん前、歩いて三〇秒のところに《天神ビル》がある。そのビルの三階にS税務会計事務所を構えられている。

大阪西区で得意先の借り事務所の机一つを又借りして創業した。一年後に天神さんの裏のビルに自前で賃貸契約を結んで入った。時の税理士先生は自宅の近く京都八幡市の方で、離れていてちょっと不便であった。

程なく三和銀行（今は三菱ＵＦＪ銀行）の紹介でＳ先生にお会いして、一回の面談で即、顧問税理士になっていただいた。そしてまた程なく、天神ビルの一階に事務所を移した。

ゼロからスタートして無手勝流で夢中になってやってきた三〇年の内に、無借金のなかなかいいバランスシートと社員一二〇名の会社に育っていった。そのプロセスには高い山あり深い谷あり……月次決算はもちろんのこと、日常業務も、また数多あるターニングポイントでも、悉《ことごと》くに関わっていただいてきた。

税務の範疇にとどまらず経営戦略、フィロソフィー、世渡りに至るまで、会社も私の壮年の人生も、先生なしでは考えられない。

会社から離れ、老年になった今も、それは続いている。

人の輪

先生を介して、S事務所の顧問先の会社の社長やビルの家主さんなど、人とはちょっと違う人生を送ってこられた七人の先輩方とお近づきになれた。親密で濃い直截的なおつきあい……大阪の遊興の里ミナミにキタに、京都先斗町に遊び、ゴルフに行き旅行もし……ときにシリアスな経営の話も。遊びと人生の勉強をいっぱいいっぱいさせていただいた。

平成も半ばを過ぎて、その方々が一人二人と鬼籍に入られ、令和を迎えた今、S先生を囲むようにしてできていた〝人の輪〟は、どうやら先生と私の二人だけになってきたようだ。

卒寿

コロナが波状的に襲ってくる中、食事会もお会いすることもかなわないので、もっぱら電話になっていた。お互いスマホである。

六波が起こりつつある令和四年一月のある日、「一一月で卒寿になる」と仰った。私は二月に傘寿になる。初めてお会いしてから四十有余年、年輪と過ぎ越し方を想い、長時間話し込む。変わらぬお元気なお声、張りのあるお声に安心した。

先生の、過去の病気手術の話になった。

平成になったばかりのころ、ある日事務所の隣の喫茶店で話をしていると突然、先生のお顔が左右非対称になった。左側がゆがんできたのだ。びっくりした。左半身麻痺。半月先に予定して楽しみにしていた台湾旅行をすぐに中止にした。それは先生が五十九歳のときだったそうな、すると私は四十九歳、エッ⁉　四十代‼　そんなときもあったのだ。

そして肝臓の手術は一三年前、阪大病院では高齢者手術の記録であったという。次は心臓の手術と続く。が、そのたび療養の経過は順調で不死鳥の如くよみがえられた。いま至ってご壮健である。

甲子園球場で邂逅

令和四年の六月、コロナ第六波が収まるかと思えたとき、先生からお誘いを受けて甲子園球場に三年ぶりに行ってきた。交流戦の最中《さなか》、ビッグボス、日本ハムとの一戦である。

先生の顧問先の会社が年間指定席（グリーンシートのボックス席）をもっておられて、それを回していただける。もう二〇年も前からになるか、年に二度三度、ご一緒させていただいたり、券をいただいて娘と行ったり友人と行ったり、随分楽しませていただいた、その席である。

そこで一時半から五時まで、リモートでもなくバーチャルでもなく隣り合わせで顔を合わせて、甲子園名物ジャンボ焼き鳥とビール、野球談議と人生談義。至福のひとときであった。

試合は阪神が快勝した。

終了後、近々大阪での会食を約束して、阪神甲子園駅で東行きと西行きに別れた。先生は、箕面の閑静な住宅街にお住まいである。

その後七月に入ると、オミクロンBA5なるものが俄然猛威を振るい出して第七波に突入、会食は飛んでしまった。

よくぞ六と七のスキマに行ったものだ。

一〇、マイカルチャー

文化への憧れを秘めて

貧しい育ちの中で、そのときには縁のないものと思っていた芸術と文化。ないものねだりか、長い間、幼い心の奥に憧れを秘めていたようだ。

音楽

十八歳のころ、音楽は何とはなしに身体が求めたのか、ディキシーランドジャズとクラシック音楽が気持ちに入り込む。当時「労音」というのがあってチケットが安く手に入り、フェスティバルホール（もちろん旧ホールである）に度々通ったものだ。往年の、日本と世界の名演奏が今もよみがえる。そしてレコードを買い集めることになる。

それに連れて、レコードプレーヤーをとっかえひっかえ、身の丈に釣り合わない高級品を持つに至る。スピーカーとボックスも同様である。

アンプは自作、真空管時代である。音響雑誌を読みあさり、「トライか〜ぺンか」(トライオード・ペントードの略で真空管の種類、重厚な音を出すかハギレのよい音でいくか)と騒ぎ、気に入った音を出してくれるまで造っては壊し、試行錯誤を繰り返したものだ。

好みは、クラシックは作曲家別に、ジャズは演奏家別に細分化し、更にバレエ音楽、オペラ、ウィンナ・ワルツ、歌曲へと広がっていく。


子供ができると童謡唱歌が加わって、レコードの収集はいつか二〇〇枚を超えていた。小学校に上がると、待っていたようにクラシックコンサートに連れて行き、回数を重ね、年末の〝第九〟は恒例になった。

子供たちに童謡とクラシックが伝播していった。

小学三年生の次女が、普段何気ないときに両方をない混ぜにして口ずさんでいるのを聞いて、これは愉快であった。

ＰＣの扱いに慣れてきたとき、時代に備えてレコードからＣＤを書き起こした。ラベルも印刷して本格的である。

老人ホームに移るとき、レコードの一部とプレーヤーは長女に引き継いだ。子供のときからピアノを習い、今はエレクトーンを弾いている。そこにレコードを加えて楽しんでくれていると思うと、うれしくなる。

ホームに移ってからはもっぱら自作のＣＤだ……ちょっと物足りない……「あぁレコードはよかった」と懐かしんでいる。

《ＢＯＳＥ》の、古いがいいアンプがある。音響機器でこれだけはと思って持ってきた。ＣＤとラジオ、そして目覚まし機能がついている。

そこでつい最近、目覚まし用のＣＤを作った。ＰＣに入っているたくさんのソースから、童謡唱歌、アニメソング、ジャズ、クラシックと、元気の出そうな調子のよい三〇曲ほどを選んで二枚。

「明日はどの曲で起きようかな」寝るときのささやかな楽しみである。

絵画

勤め始めて間もない昭和三六年五月の連休に、淡路島から四国、山陽路一周の一人旅に出た。新幹線もない、明石海峡大橋も鳴門大橋も瀬戸大橋もない。小さな汽船で紀淡海峡、鳴門海峡を渡り、四国から山陽へは〝眉山丸〟という宇高連絡船に乗った。そして山陽本線の普通列車に長時間揺られたのが、今の時代、貴重な経験になっている。

途路、倉敷の大原美術館に入った。そこでエル・グレコの『受胎告知』に出会う。心臓を鷲掴みにされた。これが絵画への憧憬の原点である。

その後、日本人の多くがそうであるように印象派に魅せられ、加えてルーベンス、フェルメール、ドラクロワ、ピカソ……。

一人の画家のために、またたった一枚の絵を見るためだけで、大阪からわざわざ東京上野まで足を運んだりもした。京阪神の美術館は、ほとんど行ったのではないかと思う。

徳島鳴門の大塚美術館で、陶板の「世界の絵画」を見て、次はホンモノを見たいと願った。願いつつ何度も足を運んだ。

そして二〇〇九年世界一周。この旅は私には一面、美術館巡りが目玉の一つ、ヨーロッパ・アメリカの六ヵ国、本場で堪能した。感動感激であった。

音楽と絵画、それは、はるか上流階級にあって手の届かない、縁遠いものと思っていた。自分でやる才能も丸っきりなかった。だからかどうか、却って憧れたのであろうか。

八十路の手前になって突然思ったことがある。それは『劣等感の裏返しかも知れない』と。

決して余裕があったわけじゃない暮らしのときに、音楽を聴き絵画を観ることには贅沢をしたものだ。それができたことを自分でも不思議に思う。そして「あぁ、よかった」と。

写真

絵を描くことは、小学校の図工の時間に一所懸命やってもやりなおしても、とてもじゃないが「こりゃアカン」と分かった。それでも自分の印象を自分の手で表現したいという気持ちはずっと消えなかった。

親父の若いときの道楽、写真機と現像焼き付け道具が一式、使われないまま残っていた。古いが上物である。高校の頃それを引っ張り出してきて、すぐに夢中になった。これがデジタルの今も続く写真作りの原点である。「絵を描きたい」との想いはどうやら写真に向かったようだ。

その間、たくさんの名作絵画をこの眼で見てきて頭に沁みついている。そのせいかシャッターを切る瞬間、ここ一番の〝構図〟と〝光と影〟を気にかけている自分を発見する。これは〝感覚〟の大きな財産だ。

フィルムカメラでは〝ニコンの一眼レフ〟までいった。デジタルもいろいろなカメラを変遷してきて、いま愛用しているのはコンパクトカメラの、まあ最上級のものだ。ソニーとパナソニックの二機種ある。お気に入りで、新しいモデルが次々に出る中、ここ八年浮気しないでずっと愛用している。もちろん自動ではなくマニュアルで撮っている。

玄関ギャラリー

プロについて勉強したこともない、コンテストにもろくに出品していないズブの素人であるのに、時に人さまに感心されることがある。世辞にしてもうれしい。

ホームの自宅の玄関に額を一枚掛けるフックがある。そこにクルーズで撮ったタヒチの海の風景を飾っていたら、ある入居者の方がそれを散歩の合間に見て「あれはいいよ!!」と褒めてくださった。

元来がオッチョコチョイのわたくし、俄然その気になってしまった。

今は〝玄関ギャラリー〟なんて名付けて月に二回くらい、季節ごとの写真を取っ替え引っ換え飾っている。入居者とスタッフ、よく見ていただいている常連さんもいてくださるようだ。

ついこの前思わぬ方から「あれはどこの絵?? 楽しみに見ているヨ」とお声をかけていただいた。

だいたい他人の撮った写真なんて見てくれるわけがない、というのは分かっている筈なのに、ますます調子に乗って続けている。

文章

中学校の理科の先生が進路を暗示というか明示してくれて、わたしのレコードの、A面は電気電子技術、B面は読書になった。

文学というにはほど遠い、ただの活字中毒であるが、とにかく二四時間三六五日、手元に本があった。「いつでもどこでも誰とでも」というが、誰は別にして、街のラーメン屋さんでメニューが出てくるのを待つ僅かの間でも、地下鉄の一駅二分間でも読みふける。

そうこうするうちに読書が高じて作文に凝り、本を出し、今こんな文章を書いている。

感受と創作

音楽、絵画、読書と、これらはみんな人生に味わいを添えてくれた。潤いになっている。そして感受性を育ててくれた。

人さまには内職と吹聴しているが、何につけても創作は楽しい。写真やＤＶＤは見ていただくとうれしい。本は読んでいただくと幸せを感じる。

感受があって創作があるもの、らしい。

退屈

日々、作文や写真やビデオ作り、ときに行く美術館・博物館に忙しくて、読書は昼間の生業からはみ出てしまった。レストランで食事前後の僅かな時間、シャトルバスに乗っているときとか電車の中、夜寝る前、そんなスキマの時間になってしまっている。

「忙しいなぁ!!」今の境遇になって「何でやねん!?」。貧乏性は治らないようだ。会社を辞めて一五年にもなるのに、現役の頃あれほど憧れた退屈には未だに無縁である。

真昼間から読書するようになったとき、これが私の老後であるかも知れない。

一一、心の遊ぶままに

フリーマインド

前著『この世異なもの味なもの』で同じタイトルの章がある。そして、福島慶道師であるのに「福島慶長師」と間違えて書いている。読んでいただいたある著名な方からご指摘を受けた。

大変遅きに失したが、ここにお詫びして訂正いたします。

凡人の悟りというのは何？　となると、これがまた難しい。「この世は仮住まいである」と知り「せっかく人間に生まれてきたその間に、六道の世界の輪廻転生を離れた仏さまの世界に行けることを、難しいことを考えずに唯ひたすら願い続ける」こと、と、ある高僧から教わった。

だからアタシぁどうすりゃいいのさ？　仮住まいのこの世をどのように生きていくの？　霞を喰って生きていけるわけはないし、生業もあればつき合いもある。悩みもついて回る。

この〝現実〟と〝悟り〟の間《はざま》を、どう折り合いをつけたらいいの？　となって、そこから先に進まない。

そこでこの際一旦〝悟り〟から離れて、現実社会を楽に生きるにはどうすべえか、と思ううちに〝無心〟という言葉に行き当たった。

難しい無心を英語に翻訳して分かりやすく指し示していただいたのが福島慶道師。その昔、説法も受けた。それは「フリーマインド」。

途端に腑に落ちて以後それを心がけている。

心がけているが、一向に無心になれない。

劣等感の効用

豊かな才能に恵まれて華やかに伸びやかに咲き乱れる人がいる。

一方、劣等感に苛まれながら人知れず密やかに努力して克服して、世に知られるようになった人もいる。こういうお人が通人と呼ばれることになるのだろうと想像する。

無常の世、此岸を旅する普通の人間は、劣等感があってこその裏返しで、自らを律するようになるものなのかも知れない。

劣等感の効用……悟りとはまた一味違うが、これもアイデンティティを立てる良き生き方の一つなのであろう。

レコードのB面

人は本業の他に趣味の世界を持っている。

芸術に芸道に芸事に、文化文芸スポーツに、ときに本業をしのぐほどの域に達する方もいる。

これをある人が〝レコードのB面〟と表現された。言い得て妙である。

ひょっとすると、本職のA面より趣味嗜好のB面の方が、そのときを楽しむにとどまらず、その方のアイデンティティになって、人生を深く豊かに彩ることになるのではないか。

そして白秋を迎えても粋に楽しんでいる方は多いのではないか。

抒情と叙事

短歌は自然と人間の営みを歌う。俳句は景色を愛でる。川柳は心情を表現する。その伝でいくと童謡唱歌は短歌か、演歌とジャズは川柳か。

クラシックは抒情と叙事の両方と言えるかも知れない。

とまあ、そんな殊更に分別しなくてもいい。素直に感じ、ときに琴線に触れることがあれば豊かな心で此岸を送ることができる。音楽は人生の友にしよう。

歌は世に連れ

「歌は世に連れ、世は歌に連れ」と言う。もうひとつ、「歌は人に連れ、人は歌に連れ」。これは私の洒落というか実感である。

カラオケで童謡唱歌を好む人、アニメソングを唄う人、失恋の歌が多い人、不倫の歌を好む人、歌曲を声量豊かに唄い上げる人。

それぞれの人生模様を表していると思うと面白い。

人情の機微

東京勤務の時代に、社外の人であったが業務のつながりで、えらいお世話になった方がいる。仕事の進め方の基本を身をもって教えられ、その後の私の営業姿勢を一変させてくれた。

私より一世代上、秋葉原のメジャー電気店のオーナー社長である。

四四年前、大阪に転勤還りして二年、三十六歳で大会社を辞めて起業したことを、報告しにお店まで行った。

そのときしみじみとした口調でお話しいただいた。「なあ岩本君、いま、会社の同僚はみんな『頑張れよ』と励ましてくれる」「それはそれで本心だが、何年か後、尾羽打ち枯らした姿を見せたら、内心喜ぶものだよ」。

酸いも甘いもかみ分けたお人の言葉に「そうなんや!!」と、人情の機微を感じ入って聞いたものである。そして新たに闘志が湧いてきた。

その一〇年後、会社がようやく軌道に乗り始めたころ鬼籍に入られた。無論東京まで行って葬儀に参列し合掌。言葉をあらためて噛みしめた。

人さまの幸不幸

人は他人の幸不幸に敏感に反応する。失敗談には心から慰めてくれるし成功談には心から祝福してくれる。何れも言葉は本気である。

が、一皮むいてみると内奥の気持ちはちょっと違うかも知れない。不幸には優越感、幸福には嫉妬心を抱く……??

人は、他人の幸せや嘆き苦しみには、百%は共感しにくいものになっているのだろうか。数%は心ならずもエゴが根差しているのだろうか。

鈍感力

いっとき〝鈍感力〟という言葉がはやった。人間関係を楽にする一つの方便であるが、これは鈍感になれということではなく「敏感に受け止めた上でレスポンスは鈍感に」という具合に私は受け止めている。

であれば人の言うことはきっちり受け止めた上で、心を身を、入れ過ぎない方がいい。「同情するなら金をくれ」なんて名セリフもあった。

自分自身も、あんまり心から自省しない方が気楽であろう。

と、まことに勝手なことを思いつつ、イヤ、こんな乾いた軽い気持ちではいけない、鈍感力は磨かないでおこう、とも思う。

一二、煩悩

大石内蔵助の楽しみ

「人の生きる楽しみは、生きている間の煩悩にある」

これは池宮彰一郎の小説『四十七人の刺客』の一節である。

私の煩悩

仏教の高僧から「人がこの世に生まれてきた目的は、人であるうちに阿弥陀様にお願いし、来世は輪廻転生のない極楽浄土に往くこと」と教えられた。それは三〇年こ の方ずっと心の拠りどころになっている。

と、格好よく言うものの、とかく楽しみの多い世に生きる私にはなかなかそれだけともいかないできた。ええ歳をしてあっちこっち行ったり来たり、好きの道や道楽に気を取られ現《うつつ》を抜かす日々を送る己を見て、時に愕然とする。

青春の道　好きの道

青春の道……それは若い頃、と言ってもついこの前、ホンの五、六年前まで、ほとんど直線的に結果を求めたものだ。それがいつしか〝危うい会話〟の方だけを楽しむようになってきた。

これは精神の進歩なのか夜の道の老いか、人畜無害になってきたのか。

ひょっとすると〝仙人の道〟に一歩踏み入れたのかも知れない。とは言え波間に漂う小舟みたいにしょっちゅう揺れ動き、足もとの覚束ない、ずいぶん俗っぽい仙人ではあるなあ。

店仕舞い

ずいぶん紆余曲折があって苦楽があって虚実があって、とても面白かった人生も、今となっては煩悩のかたまりだぁ!!

ビジネスの世界からはとっくにおさらばして、今はときに苦しかったシーンの夢を見るくらいになっている。

道ならぬ道は遠い昔の彼方に去った。

銀座から数寄屋橋も、ミナミも三津寺筋も北新地も、もう忘れよう。

終活のステージ〝ラグジュアリー・クルーズ〟も、ホントに終わりにしよう。

ビデオ作りやら本書きやら、能動的な活動はこれで店仕舞。あとは、その道楽の作品と残滓を楽しむことにしよう。ホームの娯楽に遊ぼう。

酒は絶つ??……これぱっかりはもうちょっと待って。

クルマで迎えにきてくれたらゴルフには行こう。ランニングと筋トレは躰が動いてくれなくなるまではやろう。

憧れ続けて未だに実現していない退屈を、この本を書き終わった翌日から味わうのだ。ホントの仙人の道に、今度こそ一歩踏み込むのだ。

と、令和五年の立春の日に思うわたくしであった。

エピローグ

余生

算数では〈一〇〇割る三＝三〇余り一〇〉と言う。

しかし、人生の残りは〈余り〉ではない。

余生を、余った人生と言うのは余りにも勿体ない。これから、これまでよりもなお、おもしろおかしく生きていきたいと思うが……。

昔はよかった

人間は歳をとると懐古的になるという。

「昔はよかった」「オレは激動の時代を乗り切ってきた」と、「近頃の若い者は」「近頃の世間はどうなってるのだ!?」。これは飛鳥奈良平安の遥か昔からお年寄りの口癖みたいなもの。

近頃そのお年寄りの仲間入りを果たした??、わたくし。

「こんな繰り言口には出さぬ」と決めていたのに「あれっ!!　思ってるわ」「言ったわ」

「書いたわ」「どうしたの??」。

八十路の歌

振り返り　振り返り観る　八十年

過ぎし日を　美化して想う　八十路かな

八十路を迎えて思いついたことがある。人は年を経ると、イヤ歳をとったからこそか、自分の過去を美化したくなるのかも知れない、と。

そう言えば昔読んだ本に〝そんなの〟がなかったかなぁと、繙《ひもと》いてみると、あった。

人間の楽しさのひとつは、老いるにつれて自分の過去が美しく見えてくることだろう。

司馬遼太郎『峠』より――河合継之助の言――

人は、失敗も成功も幾多の行跡、業績を重ねて生き様になり、アイデンティティをつくってきた。それはそうである。が、英雄でもないごく一般の市井に埋もれた人間が、自分を「世の一端をも動かしてきたのだ」と評価し人にも話をする、ときに現役世代に説教したくなる。自慢である。口には出さぬと自戒していても、ついつい唇の端に出てきたのを慌てて押し戻すこともある。

とは言え、昔を美しく思い起こして楽しむ、これは平凡な人間の、ごく普通の発露なのかも知れない。内心で思うだけなら世間の毒にはならない。そして、自分だけの薬にはなっているのかも知れない。

未来に夢を託して今を耐える少青壮。過去を懐かしみながら今を生きる老。自分もどうやら〝老〟の域にきたか。

サラリーマン時代や会社を始めてからの大小の成功失敗など仕事への想いが多い。途中で出来損なった〝我が家のともしび〟もまた大切な想いである。夜の遊び、クルマ遊び、船遊びと、遊び事も結構ある。

公私共々、気がつくと思い出にふけって楽しんでいる自分を発見する。

そして、それをいさぎよしとせず「甘味にひたるのはまだ早い」「自分を美化したらロクなことはない」「いい歳の若いもんが向上心を無くしてどうする!?」と、叱咤激励している自分がいる。

行ったり来たり。まあ、あまり考えるのは止そう。

思い出の　楽しみ醸す　この暮らし

神戸の街に茅渟《ちぬ》の浦、対岸に河内・和泉の山並みから淡路島を見晴るかす望郷の丘、返り見すれば眼の上間近に緑深い六甲摩耶。

鉱泉の大浴場、露天風呂、サウナ、フィットネス、そして折々のコンサート。まるでリゾートホテルに住まうような、加えて老人ホームとして見守られる日々。

こんな恵まれた環境の安全安心感が昔日の思い出を蘇らせて美化し、暮らしに更なる潤いをもたらしてくれているのであろうか。

追憶…ラストクルーズ

お別れ

二〇二二年一二月二七日から二〇二三年一月四日、奄美大島、石垣島、沖縄本島を巡る九日間。このニューイヤークルーズは《ぱしふぃっくびいなす》という豪華客船のラストクルーズであった。

そして自分もこれで、ラグジュアリークルーズにお別れしようか……。

ニューイヤークルーズ

一五年にわたって一八回目、さんざん遊んで晩年を楽しませてくれたクルーズに感慨を込めて、これで終わりとの密かな決心を胸に、二〇二二年一二月二七日午前一一時半、神戸ポートターミナル、第四突堤のターミナルビルに立った。

　ここしばらくの恒例、一時間半のPCR検査から、それは始まった。

　送迎デッキに溢れんばかりの人ひとひと、最後の出港を祝う？　惜しむ？　これまでにはなかった最高の見送りの人が三重五重になって手を振り旗を振りZ旗を揺らす。

　一人ひとりの顔は定かではないが、年来の船友の姿が何故かクッキリと瞼に浮かぶ。同船した船友が「由良船長が見えてるよ」……二度の世界一周や太平洋周遊でよく遊んでくれた、そして鹿児島で入港記念に贈られた「薩摩の花瓶」を夜こっそりと届けてくれたことを思い出す。それは今も部屋の飾り棚に座っている……あっ、これは内緒だった。「ゆぅらさぁん!!」。両手を大きく振り合う。

　神戸市消防音楽隊フルメンバー？　の勇ましい演奏、それに応えて船のデッキから恒例の♫ダイアナ♫で返す。

　海から見る『世界一美しい神戸の港と街』もこれが見納めか。

　華やかな見送り……その中に何かしら一抹の寂しさが漂い、妙に感傷をもたらしたのは、私だけだろうか。

追憶の旅

ラストクルーズ、それはノスタルジアの旅であった。

船で会う久しぶりの船友旧友の顔。ありし日の数々の出会いを想い、思い出を追う。

二〇〇九年は当時の家内と、初めての《ぱしふぃっくびいなす》初めての世界一周。北回り、二一ヵ国三〇ヵ所の寄港、見るもの聞くものみんな初体験、頬は紅潮気分は高揚しっぱなしの一〇三日を思い出す。

レストランの右舷後ろ厨房前の六人席は、滋賀県と奈良県と東大阪のご婦人四人との毎夜の賑やかな食事会。

ソマリア沖を自衛艦に守られて無事通過した日の夕べ、七階メインホールで乗客もスタッフもみんな踊り狂った《アラビアンディスコナイト》……四五分間の狂演。

二〇一五年の南回り世界一周では〝女房を質に入れての船旅よ〟なぁんて一人参加を洒落のめして「岩本さんは髪結いの亭主?」「ウン!?　ハイ、イエ……」。毎夜の食事は〝独身クラブ〟で愉快な会話。途中から若い女性もご夫婦も入られていっそう弾んだものだ。

南極も合わせて地の果てを往く九七日間をトコギリ楽しむ。

レストランの中ほどに蝶々が沢山飛んでいるようなシャンデリアがある。その下、一〇人テーブルで華やかに誕生日祝いをしてもらった。

妻の居ぬ間の結婚記念日では、普通はカップルで入る定員二人のハートマークの中に六人の男女、入りきれない外に二人、独身クラブの仲間とスタッフのクルーズコーディネーターが一緒に遊んでくれた。

六階ライブラリーには度々通った。今は自分の本『噂の豪華客船』を蔵書として置いてもらっている。そういえばこれらのたくさんの蔵書は終船後どうするのやら?

七階ピアノサロン。着物の正装で、ピシッとした制服の船の四役と写真を撮ってもらったなぁ……。そして就寝前のコンサート。

七階オープンバーと一一階プールデッキバーのウクライナ娘、今どうしているのかなぁ……。

九階。お茶室の茶道教室、レセプションルームの将棋教室、囲碁教室。

一一階オブザベーションラウンジでスカッチを舐めながら、M船長と、はたまたスタッフと夜の四方山話。雑誌クルーズ社のインタビューを受けたのもここだった。

オブザベーションラウンジを抜けて乗客が行ける最先端のデッキ。

ここでお弁当にビール……居ながらにして移り行く菜の花畑のキール運河を愛で、船と岸、日本語とドイツ語の掛け合いを楽しんだ。

荒れた大西洋を渡って一週間、はるか霞んで見えた摩天楼に「あっ!! ニューヨーク」。

「ハバード氷河」「ピオ一一世氷河」は、海に落ちる壮大な景観を見せてくれた。そしてサザンクロスと北極星を南北に同時に見た感動。

《ぱしふぃっくびいなす》は、至るところ想い出ばかり。

島の思い出

一二月二八日奄美大島。前回五年前は南部を周遊して大島海峡の多島海を観、グラスボートにも乗った。このときは、ついこの前、老人ホームに入るとき別れた妻と一緒であったなぁ。

今回は北部を巡り、〝あやまる岬〟という洒落にしたくなるような名前（本当は鞠のように見える……綾鞠から名付けられたという）の絶景を観光。お昼は「これはウマい!!」と思わず口にした奄美特産の〝鶏飯〟。〝田中一村〟という知らなかった日本画家の美術館を訪れ「こんなところにこんな芸術が花開いていたとは!!」とビックリして感激し、南国の樹々の描写から〝アンリ・ルソー〟を思い起こした。

大島紬村では芸術的手作業に感嘆して我が一張羅の着物を想い、黒糖焼酎工場では五種類もの二五から四四度に及ぶ焼酎を試飲してほろ酔い機嫌に。まことに面白き一日であった。

一二月三〇日は奄美から石垣へ終日航海。今日は雨、世界一きれいといわれる慶良間諸島の海は濃い暗いブルーに沈み、白波が立っていた。あれは何年前になるだろう快晴の真夏、スキューバダイビングに興じたとき、頭の真上を魚の大きなボールが蠢《うごめ》きながらゆっくり移動していた。

大晦日は石垣島。オプショナルツアーは懐かしの川平湾と決めていたが、雨模様で七色が二色になるらしい。そこで急遽、行ったことのない玉取崎と鍾乳洞に変更した。

海岸線を走っているときバスガイドに「この辺りに米原《よねばる》ビーチってある?」「あります!! 今はダイビングの名所です」。平成になったばかりのころだったか、道ならぬ道行きの石垣島、有名になる前のひなびた米原ビーチ、浅いサンゴ礁を一〇〇メートルも沖へ歩くとストンと深く落ちる。そこで潜って、いっぱいの色とりどりの熱帯魚と戯れていたら、潮の速い所で姿がみえなくなったので、彼女はエライ心配したそうな。「このままいなくなったらどうしよう⁉」

言い聞かせ

ツアーの途中で気がついた。「今日は大晦日なのだ」「ここは石垣島なのだ」いつもの年末年始と違う時と場所をのんびり過ごしていて、この贅沢を自分に言い聞かせている私であった。

ゆく年くる年

今年の大晦日と元旦は、十数回もクルーズしている私にして初めて船で迎えた。絶えてなかった何年振りかの年越しそば、初めてのカウントダウンで盛り上がる。このごろは見ることもないが〝紅白歌合戦〟はＴＶに映っていなかった。船は衛星放送だけで地上デジタルは映らない。毎年お正月を実感する〝ゆく年くる年〟も映っていなかったので、年の移り変わりに実感は薄かった。

大晦日特別放送の映画を見ながら独り酒を飲み、〝ゆく年くる年〟に切り替えて新年を迎える……長年の習慣が身に着いてしまっていたことに気がついた。

元旦、獅子舞に見惚れ、箏尺八の〝春の海〟に聞き惚れた。船が用意してくれた行事、見ものはたくさんあった。しかし年の変わり目も朝も昼も、振る舞い酒に身も頭も浸り、ボーッとしてよく覚えていない。振り返ってみれば何とも幸せな年明けであった。

那覇の想い出

五〇年前の一月、復帰直後の沖縄に来た。羽田を発つとき小雪が舞っていたが、那覇は今日と同じ春の陽気であった。

海洋博に向けた大規模開発工事。東京に居て沖縄に行きたいという個人的願望の故に、作戦を練ってホテル二件の音響設備の仕事をゲットした。その年は工程会議や現場打ち合わせや工事進行に合わせて前後一〇回、沖縄の四シーズンに来た。都度、時間のスキマを見つけては観光し、波の上宮をはじめ夜の巷も楽しんだ。

そのとき、クルマは右側通行だった。

首里城

五〇年前のそのとき。守礼門は少し前に復元を終わっていて、その下で琉球衣装を着けて、モデルのちゅらかーぎー（美しい娘さん）と二人観光写真を撮ったなぁ……

首里城正殿は未だ復元されていなかった。

昭和が終わるころ、子供が大きくなって一緒に遊んでくれなくなったとき「沖縄だったら行くだろう」……最後の家族旅行と思いつつ来た……そのときも未だであった。平成に入ってから社員旅行で来て、朱塗りの壮麗な正殿の建物が復元されているのを目の当たりにして感嘆した。

三年前の驚くべきニュース、火災でまさかの焼け落ち、今日はその復元工事の真っ最中で、ありし日の姿を想像するに過ぎなかった。

国際通り

国際通りは道幅も同じで確かにそこにあった。が、雰囲気は様変わり。五〇年前は、しもた屋のようなバラックのような建物が並び、それぞれの店にいっぱい、壁にも棚にも台にも鈴なりにギッシリおみやげものが詰め込まれている……そんな印象だったのに、今日は、建物はビルに変わり、照明も明るく、ぐんとスマートに、ジャンル別に分類して整然と並べられていた。往時を懐かしく偲ぶ。

最初にして最後の那覇港

沖縄には前後一五回も来たが、全て飛行機で、今日初めて船で入った。いつできたのか《ぱしふぃっくびいなす》のような大船が悠々とUターンできる大きな港で、立派な客船ターミナルもある。すぐ目の前に優雅な曲線を描く高架道路がかかり、大小のクルマがひっきりなしに行き来していた。

ターミナルビルにあるお土産屋さんの若い店員に「五〇年前に来たんだけど〝泊《とまり》港《こう》〟って今でもある？」。「えっ‼　五〇年‼　まだ生まれてませんでした。でも泊港は今もあります……えぇっと、この先左手の方です」「そのとき岸壁のすぐ下に色とりどりの熱帯魚が泳いでいてびっくりしたものだが今でもそう？」「ハイ‼　今でもたくさん泳いでいますよ‼」

那覇には《ぱしふぃっくびいなす》は五五回寄港したという。今日はその最後の出港だ。那覇太鼓の勇壮な演奏、大画面のビデオで船の歴史や今を映し出して歓送してくれる。ペンライトで別れを惜しむ。

ボォーッ……ボォーッ……ボーッ……耳を弄する汽笛も、今日は心なしか寂し気に聞こえる。「ありがとうございましたぁっ!!」「また来るよぉ」とは言えず、ただ「ありがとうぉっ!!」。

「お元気でぇー!!」「お元気でぇー!!」

お別れの入港　神戸

暖かい南の島から寒い郷里へ。一月四日昼、紀淡海峡、友が島水道にさしかかる。一七年前のにっぽん丸で春うららかな海から見た景色……貧しかった幼少期を想い出して感慨にふけった……あの景色を、《ぱしふぃっくびいなす》の寒風吹きすさぶ一一階デッキから、「海から眺めるのはこれで終わりか」と、また違った感慨にふけって、寒さに震えながらじっと見つめシャッターを切り通した。

《トラストグレイス》の我が家のベランダからも見える、神戸新港の赤と白の灯台に差しかかると、消防艇が一隻、鳥の羽根のように水を噴き上げ、白赤青と色を変えながら迎えてくれた。ほどなく勇ましい太鼓の演奏が響いてくる。須磨翔風高校和太鼓部の歓迎だ。ポートターミナルの第四突堤には、出港のときに劣らず横幕が張られ、大勢の人が旗を振って出迎えてくれる。

船のあちこちで、乗客同士、乗客とクルーが、笑顔と涙顔で別れを惜しむ。

わたくし、永年の顔見知り、憧憬の的であったショップのチーフスタッフに、グータッチでお別れしようと言葉を交わしかけたそのとき、「イエ、握手で」……緩やかにそして強く、長く長く手を握り合う。言葉もなく見つめ合う内に、目頭が熱くなり潤んできた。サイコーの別れであった。柔らかい掌の感触は今もいつまでも忘れられない。

いよいよ船を降りるとき、六階の出口に、ターミナルビルの通路に、エスカレーター横の階段に、船長も機関長もホテルマネージャーも客室スタッフもツアースタッフもレストランスタッフもショップのスタッフも、みんなみんな、勢ぞろいでずらりと並んで、深々と頭を下げて最敬礼で見送ってくれる。最後まで笑顔でお送りしようと決めたであろうながら、お顔に涙が一筋二筋。こちらもハンカチを目じりに当てる。

「ありがとうございました」「お世話になりました」「おげんきで‼」「おげんきで‼」

……それしか言葉はなかった。

著者プロフィール

岩本 浩平（いわもと　こうへい）

1942年、大阪は「通天閣」の下に生まれ「河内」で育った、典型的な下町で田舎の子。中学時代から本を読み漁る。大阪府立今宮工業高校（現大阪府立今宮工科高校）卒業後、早川電機工業(株)(現シャープ(株))に入社。

18年勤めた後“サラリーマン脱落”。徒手空拳でOA機器メンテナンスの会社を起こし、30年で120名の会社にした後、後進に道を委ねて“晴耕雨読”の生活に入る。

著書に『噂の豪華客船―そこには何があったのか―』(幻冬舎)、『この世異なもの味なもの…あの世は行かなきゃ分からない…昭和～平成～令和』（文芸社）がある。

白秋の惑乱　続『この世異なもの味なもの』

2023年10月15日　初版第１刷発行

著　者　岩本 浩平
発行者　瓜谷 綱延
発行所　株式会社文芸社
〒160-0022 東京都新宿区新宿1－10－1
電話 03-5369-3060（代表）
03-5369-2299（販売）

印刷所　株式会社晃陽社

ISBN978-4-286-24541-6　JASRAC 出 2304618-301